아직도 거기 그 자리에서

아직도 거기 그 자리에서

초판 1쇄 인쇄   2012년 10월 10일
초판 1쇄 발행   2012년 10월 17일

지은이   이 난 희
펴낸이   손 형 국
펴낸곳   (주)에세이 퍼블리싱
출판등록   2004. 12. 1(제2012-000051호)
주소   153-786 서울시 금천구 가산디지털 1로 168,
          우림라이온스밸리 B동 B113, 114호
홈페이지   www.book.co.kr
전화번호   (02)2026-5777
팩스   (02)2026-5747

ISBN 978-89-6023-960-9   03810

에 세 이 작 가 총 서 4 3 2

잊을 수 없는 사랑
잊어야 할 사랑

아직도 거기 그 자리에서

이난희 지음

ESSAY

머리말

　미천한 지식을 가지고 집필에 몰입집중 매달려, 틈틈이 느낌을 한 두 가지씩 적다 보니, 거창하고 고풍스러운 문체보다는, 거의 모두가 있는 그대로의 논픽션이 되었습니다. 이 글들을 한 권의 책으로 묶어 세상에 내놓습니다.

　이렇듯 줄 쳐진 노트 위에 꾹꾹 볼펜심을 쥐어준 동기를 부여한 것은, 펜을 잡는 순간부터는 엉킨 마음의 자국이 조용히 사라지곤 해서 첫 장부터 밑줄을 긋고, 구두점을 찍고, 꼬박 몇 년이 걸려 글감을 구상하고, 어휘를 정리하며 퇴고했습니다.

　충청도 부농의 온실 속에 태어나 화초처럼 자란, 오빠 셋, 언니 둘이 있는, 막내이자 선도 안 보고 데려간다는 셋째 딸인 저는 공손하고 깍듯한 성격에 앞길도 창창해서 누구나 탐내던 훤칠한 외모의 선남을 만나 결혼했습니다. 어느 누구도 부러울 것 없는, 순풍에 돛을 단 성공을 거머쥐, 봄날의 꿈만 같았던 무지개만 좇으며 행복한 가정을 꾸려가던 중에 웬걸요, 행운의 여신은 행복의 파랑새는 그 행운을 그리 오래 허락지 않았습니다.

가장 박진감 넘치는 기막힌 나이, 가장 행복한 시기이며 탄탄대로의 절정기에, 남편이 믿고 지내던, 고려대 동기를 보증이라는 항로를 잘못 선택해 문정동 땅 435평을 잃어버렸습니다. 안락했던 삶이 우울증이란 처참한 저항해도 엄두도 못낼 운명을 마구 흩으려 가르며 불행의 씨앗이 된, 엎친 데 덮친 격으로, 그 찰나를 비켜나지 못하고 아차 하는 순간, 대명천지에 예기치 않은 사고로 유순하고 무던한 가장을 하늘나라로 떠나보내게 되었습니다. 졸지에 그 모든 것을 빼앗기고 짊어져야 했던 운명은 정말 비정하게 가혹했습니다.

　천운은 여기까지만, 딱 여기까지만이라는 것을 직감했습니다. 본격적으로 커튼이 젖혀진 미지의 새로운 세계, 눈앞에 펼쳐진 광경에 이 사태를 어찌할 것인가? 이게 참말인가? 참말이 아니길, 제발 꿈이길 내가 꿈을 꾸고 있는 것이겠지, 얼마나 수없이 중얼거리며 넋을 잃곤 했었는지요. 그렇지만 꿈이 아닌, 눈앞에 닥친 허망한 현실이 주는 상실감과 청천벽력 같은 어마어마한 충격으로, 세상 어디에도 마음 둘 흥미를 찾지 못했습니다.

　방향타마저 잃고 극복할 돌파구를 찾지 못한 채 출구가 막힌 기약 없는 미로 속 삶의 끄트머리에서, 그 암흑 같은 감옥에서, 부러진 날개로 스스로를 옭아 유폐하고 홀로 버려진 듯 고립되어 좌절을 곱씹는 넋 나간 은둔 생활을 하게 되었지요. 나를 닫아걸고 비웃기라도 하듯 조롱을 퍼붓는 빗나간 삶. 그런 엇갈린 삶에 비틀대다 무릎을 꿇고 마는, 필설로는 형용하기 어려운 패잔병의 고배를 마시는 꼴이 되고 말았습니다. 날선 바람이 잔인하게 휘두르는 망망대해에 홀로 남아 본궤도에서 이탈한 채 표류했습니다. 혼자서 엄청난 소용돌이 속을 지나며, 백척간두에 선 이중삼중 패자의 운명을 떠안고 가야 하는 큰 위기를 맞아야 했습니다.

어찌 무작정 슬퍼할 수만 어찌 무작정 슬퍼할 수만 있겠습니까. 새벽 동이 절로 터오지 않듯, 인생은 포기하지 않고 전진하는 자의 것이라고, 더 이상 물러설 수도 주저앉을 수도 없는 운명의 순종이 아닌 거역인, 한 꺼풀 한 꺼풀 고군분투하는 혼신의 몸부림으로 모퉁이를 조금씩 벗어나며 탈출구를 모색했습니다. 굽이치는 길고 긴 회오리 광풍, 그 거센 항해에 마침표를 찍고, 이젠 힘차게 살아온 세월의 위대한 힘일까, 편안한 안식과 안온함도 되찾게 되었습니다. 이렇게 제자리를 잡은 듯 정상 궤도에 들어선 오늘이 있기까지에는 피를 섞고 나눈 형제들의 물심양면의 응원이 있었기 때문입니다. 묵은지 같은 오랜 벗들과 주변사람들의 눈물겨운 격려를 받으며 일어설 수 있었습니다.

무엇보다 아픈 것은, 형다운 대학 2학년의 큰아이, 고 3 무렵이었던 작은아이가 겪지 말았어야 할 격랑을 겪어야 했던 것입니다. 그러면서도 묵묵히 그것을 감내했던 두 살 터울의 사내아이들이 아버지의 빈자리에도 주눅 들지 않고, 기죽지 않고, 늘 주어진 일에 묵묵히 제 몫을 다하는 자리매김으로 의연함을 보이며 호연지기로 늠름하게 살아가고 있어 감사합니다.

구절구절을 뜯어내고 못질해 살을 붙인, 한 땀 한 땀 깨알같이 쓴 글들. 이 글이 막바지에 접어들 때는 어긋난 운명에 대해 원통함을 삭히지 못하는 증오의 감정도 치밀었습니다. 분노가 북받칠 때도 있었지만, 이 글이 처음이자 마지막 눈물이기를, 다시는 눈물 흘리지 않기를 바라며, 그렇게 다짐하며 글을 마쳤습니다.

차마 돌아보기 싫은 삶. 어느 한 조각이 아닌, 생의 반을 다 빼어 버리거나 하얗게 지울 수는 없겠지요. 하지만 이 모두가 머-언 후제, 어느 머-언 후일, 단 셋뿐인, 우리 세 모자에게 값진 인생 공부를 하게 했던 소중한 자산으로 남을 것입니다.

꽃이 피면 봄인 줄만 알았지, 남편과 아버지의 그림자로만 살아와 세상 물정에 어둡던 나. 피치 못하게 되감고 싶던 중량의 늪에서 다시 일어나, 함께 머리를 맞대고 의기투합하여 눈물을 닦고, 불끈 쥔 손을 맞잡아 똘똘 힘을 모으고 동력을 부축 받아, 창과 방패로 희망을 북돋우며 우뚝 설 수 있도록 격려와 위로를 아끼지 않으셨던 분들. 오랫동안 잊지 않을 것이며, 이 지면을 빌어 다시 한 번 감사 드립니다.

감사합니다.

차례

머리말 4

아직도 그곳에는

아직도 그곳에는

근본적으로 천성이 어수룩하고

온순하고 겸손한 사람들만 올망졸망 모여 살고 있을까?

흐들진(흐드러진) 봄바람이 산과 들을 종횡무진 내치면,

뭉클뭉클 떠도는 눈부신 꽃향기로

빙 둘러싸였던 나.

어릴 적 궁궐 속에

마을 앞으로 유장하게 뻗어 있던 물소리가 시원한 긴 수로.

너울대는 물속으로 들어가면 찰방찰방 남실대는 놀이터

그 물로 농사를 다 지어 물 걱정을 모르고

열무 단, 절인 배추 단, 상추, 애벌 찬거리를 씻으며

방망이로 빨래하던 공동 빨래터.

초록이 싸락싸락 찰진 목초지에는

노란 털에 코가 반들반들한

풀어 놓은 건강한 왕눈이 어미 소와 송아지가

양껏 풀을 뜯으며 목을 적시고 물맛을 보았지.

뜨거운 열기가 등줄기를 톡톡 쏘아 목이 데인 들판에서

볼을 타고 부딪치는 땟국물 삼키며

반나절을 잘 익은 참외 따고 수박 따고

길 곁 밭고랑에 줄지어 선 마른 수염 버석대는

옥수수, 옥시기 밭을

동네 아낙들 수다로 어지간히 달구더니

어느새 자주색으로 알록알록

노릇노릇 박힌 한 알 한 알 쏙쏙 빼먹을 강냉이 자루 이고지고

동동 걸음 걸을라치면

해는 넋을 빼던 하루를 호젓이 내려놓고

어슴푸레한 장막이 찰박대던 고향들을….

② 지금까지도 거기 그 자리에서

빨간 철쭉이 그토록 붉게 만발하더니, 하염없이 꽃이 지고 장마가 지고, 낙엽이 지고 벌써 눈이 팔락팔락, 해가 바뀌어 또 새봄이 저렇게 지나가 다시 여름이 왔음을 알리는데, 당신은 지금까지도 감감무소식, 돌아올 기미가 보이지 않는 이유는 무엇일까? 나는 당신 잃은 슬픔에 사무쳐 한시도 잊지 못하고, 먼저 간 당신을 매일 그리며 눈가에 눈물이 떠날 날이 없었는데, 이렇게 당신이 끝내 지켜 낼 수 없는 꿈이란 걸 알기에, 왜 그리도 괴로운 순애보 사랑이었을까?

아픈 가을비에 처연해지는, 저물녘 찬 비바람에 흩날리는 갈대와 같이 막다른 귀에 서서, 어디론가 날아가 버린 휑한 벌집 같은 가슴을 쓸어안고, 오늘도 군데군데 배어 있는 행복하고 단란하고 떵떵거리던 예전을 더듬으며 스산한 눈시울을 붉히고 있네요.

그간에 미안한 건 살아오면서 받기만 했지 너무 해준 게 없다는 것. 그런 나를 용서해 주구려. 조금만 더 시간을 주어 갚을 기회를 주었다면…. 털털했지만 혹 상처를 주어 꼬인 매듭이 걸려 있었다면, 잊고 풀어 흐르는 세월 속에 떨쳐 주길 바랍니다. 혹여 아쉬움과 미련이 지금까지 남아 있다면 저 구름 위 허공으로 띄워 보내요. 당신은 두 아이와 나에게는 영원히 잊지 않을, 잊지 못할 아빠와 남편이었어요.

품성과 모습이 판박이인 두 아이들 중 작은애는 피앙세를 찾아 손주까지 보았으니 너무 기쁘지요. 큰애는 고등학교 수학선생과 4년 남짓 교제를 했는데, 무슨 일로 헤어졌는지…. 미구에 착한 규수 만나겠지요.

스물여섯에 당신 위해 예쁜 면사포를 썼는데, 해외생활 7년. 생각해 보니 함께 살 붙이고 살던 기억은 반백년도 아닌, 짧다면 짧고 길다면 긴 고작 13년. 엊그제 혼례를 치렀는데 이다지 빨리 가는 세월인 줄 모르고, 이별의 걸음마가 시작될 그 즈음 미칠 듯 적막해서 철퍼덕 주저앉고 싶을 때는 아무런 자취도 없이 떠나간 당신이 곧 돌아올 거야, 돌아올 거야 주문을 외우며, 눈물이 뒤범벅이 되면 애들이 볼세라 얼른 아이들 뒤에 눈물을 숨죽여 감추었습니다. 유일한 낙은 눈이 퉁퉁 붓도록 실컷 우는 것이었어요. 내 혈관 속에 피가 도는 한은, 대동맥에 피가 뛰는 한은 약속하리다. 이 여백으로 남아 있는 공백에 그 무엇이 들어와도 절대 평정을 놓지 않고, 당신과 나, 추억 서린 추억 거리로만 남겨 두겠다고.

갑작스레 당신에 대한 모든 시간을 멈춰 놓고 떠난 지금도, 중후한 중년 모습이 구석구석까지 파고들곤 해서, 책갈피에 고이고이 넣어 둔 사진을 보며 옛일을 회상하지요.

어떤 이들은 그럽디다, 이젠 무뎌질 때도 됐지 않았냐고. 이때껏 그 말들이 귓등으로, 한 귀로 흘려들어 귀에 들어오지 않으니, 암요, 그럼요, 어찌, 어떻게 잊겠어요? 잘해 주지 못한 것만 두고두고 떠올라 그 미안함에 명치끝이 아릴 때가 …. 서둘러 길을 채비하면서 좋은 술동무, 길동무, 글동무, 동행하는 사람이 있어서 적적하게 가지는 않았겠지.

인생사 쉬엄쉬엄 잠깐 쉬어가는 간이역같이 뭐 그리 대단하겠소? 밀린 짐일랑 모두 내려놓고, 훗날 낯선 새 보금자리에서 또 인연이 닿아 만나거들랑 백년해로 더 말할 나위 없이 천수를 누리며 다시는 헤어지지 맙시다. 그러니 너무 슬퍼하지 말고, 홀연히 먼저 떠난 자리에서 두 아이들을 열심히 지키고 있으니, 하늘에서 이 글을 읽을 줄 믿고 장문의 편지를 띄워 봅니다.

양쪽 부모님 다 만나 보셨는지? 모쪼록 부디부디 안 좋은 것들일랑 미련 없이 잊고, 좋은 기억만 안고 가길 바랍니다. 진정 사랑했고 행복했습니다.

🌀 유년기, 청소년기 4계 7일장

봄 여름 가을 겨울, 4계를 얼지도 잠들지도, 나이를 먹어도 늙지 않는 거대한 보물창고, 황금어장에는 날것, 생김생김 제각기 생긴, 꿈틀꿈틀한 생물, 다양한 희귀 광물자원까지 비위를 건드려 성이 차지 않으면, 안하무인 괜한 화풀이로, 휘어잡고 있는 밀물을 확확 돌려 몰려든 배를 삼켰다 내뱉었다…. 매섭게 요동치는 심술보가 엿보여, 발이 묶일 때면 바다 밥으로 잔뼈가 굵어지도록 물가를 다룰 줄 아는 혈기방장 어부들이라, 비책으로 일단은 포구에 있는 자그마한 식당까지 피항을 하고 바람이 자면 다시 출항해 이곳저곳에 산란해, 성장한 어군에 촘촘하게 짜인 그물을 놓습니다.

고루 잡힌, 노란 물감을 푼 듯한 황석어 떼도, 조기 떼도, 그날 일진에 따라 그물을 뚫는 피문어, 갑오징어…. 종종 만선을 걷어 올리는 뱃일에 파도가 수시로 위협해, 두려워도 전혀 겁먹지 않는 맨몸으로, 손질한 장비 오리발과 물안경만으로 뛰어들어 자맥질한 알

굵은 소라, 멍게, 성게, 전복, 해삼, 힘이 팔팔한 문어, 비싸디비싼 붉은 홍삼…. 해녀들의 바다사냥 물질에, 밭농사 논농사를 짓듯 갯벌에도 섶 자리가 좋은 농지보다 비싼 자기 땅 돌로 경계를 만든 후대까지 물려주는 굴 밭을 사놓고….

썰물이 달아나 개펄이 열리면 물때에 맞춰 바구니를 채워 줄 연장을 들고, 짭조롬한 갯냄새, 갯고랑에 들어가 미리 깐 굴 껍데기를 뿌려 포자가 붙어 자란 개흙 묻은 굴을 캐서 갯바람에 하나씩 쪼아 깐 굴. 정성 한 번 들인 적 없이 거두기만 하면 되는 바위에 붙은 미네랄. 먹고 커 나온 자연산 석화. 바위 표면에 다닥다닥 달라붙은 따개비와 덩치부터 다른 홍합, 바위게, 소라게. 모래와 펄이 적합하게 섞인 질퍽한 땅. 펄 속에 숨었던 갯벌 훑은 개불, 갯장어, 숨구멍 찾는 게 중요한, 손에 걸린 펄 낙지, 펄 모래 속에 파고 들어간 갯내음 종류의, 글캥이로 긁은 바지락, 꼬막을 쓸어 담아옵니다.

바지락보다 크고 모시조개와 흡사한 동죽, 백합, 대합, 골뱅이, 맛조개, 크고 맛좋기로 유명한 키조개, 농게, 칠게들이, 흠잡을 데 없는 추울수록 달큰한 대게, 꽃게, 새부리 닮아 일급수에서만 산다는 새조개, 미더덕 사촌인, 오만 데 다 붙는다는 오만둥이, 고둥까지 영원한 불로초 미역, 제철이면 갯바위에 달려 있는 기르는 미역을 한 줌이라도 더 베려고 목숨을 거는데, 갑자기 골칫덩이 태풍이 몰려와

채취한 미역을 싹 가지고 가는 된통을 맞으면 어안이 벙벙…. 뻘쭘히 서서 워메, 이게 뭔 조화여, 몬 살겠네, 하며 멀뚱멀뚱 바라보고 원망을 하던….

뱃머리로 맞서 밀려오는 쫄깃한 주인 없는 생미역과 쇠미역, 김, 오톨도톨 생 다시마도 건지는, 또한 여간 거친 게 아닌 파도와 씨름하면서도 찬 바다 속에서 뜯어 끌어올리기도 했지요. 따로 정해져 지주들이 종자를 심어 센 물살에도 견디었던 것들, 잘 씻어 발에 얹어 말린 파래, 톳, 우뭇가사리, 꼬시래기, 청각, 매생이, 해조류인 녹조류, 홍조류, 갈조류가, 해풍 맞고 자라는 톳뿌리, 미역뿌리, 참다시마, 뿌리가 있는 염생 식물인 함초, 칠면초, 고리매까지, 꾸들꾸들 쫄깃쫄깃, 찰지고 감칠맛 나는, 덕장에 말린 포들이 꽉 차있었습니다. 통산 많은 어획고를 올린 갯것들, 물 좋은 수산물들, 그닥 남의 것 욕심 부리지 않아도 뱃사람들의 먹고살 벌이가 되어 준 바다라는 텃밭. 목숨 걸고 잡아온 산물, 물류를 팔아 어민들, 어부들 주머니가 두둑해졌지요. 먹고사는 생계걱정은 면하고, 자식 가르치고 시집장가 보내고, 살뜰히 채워 주는 바다 덕에 영영 떠나지 못했습니다.

육지에서는 산지사방 더없이 볕이 좋은 봄날, 씻나락 못자리에 뿌리고 틔워 물 온도 잘 맞춰서 모판을 날라 일일이 사람 손으로(전혀

기계를 쓰지 않았지요) 꽂은 모내기부터 추수까지, 경작한 올된 조
곡 곡물을… 밭을 갈고 씨를 뿌려 늘 뒤 허리춤에 호미를 꽂고 밭일
인 호밀, 밀, 보리목이 나와 보리 까끄라기 날리는 보리농사, 12지 잡
곡까지도 죄다 모조리 수익을 다투며 내다 파는 농부들.

폭설 극심한 가뭄과 홍수가 겹쳐, 논밭을 쓸어 흉작과 기근이 이
듬해까지 애를 먹이면, 풍흉에 따라 폭등해 전대를 풀어 헤친 채 돈
다발 뭉칫돈이 왔다 갔다 하는, 차 띠기로 단발에 되팔고 되팔아,
속속 적정 물가를 좌우하며 공급하는, 배짱 좋게 돈줄도 상권도 쥐
고 있는 천하에 내로라하는 통 큰 빠꿈이들. 장이 서는 시장통 한
복판에는 물건 고르고 흥정하느라 벌여 놓은 온갖 좌판들이 죽 늘
어서 있었지요.

상설점포가 흔하지 않아 자리싸움이 치열해 고성이 오가기도 하
던 7일장. 몫이 절반인, 사통팔달 텃세 심한 알짜배기 7일장이 서
는 날이면 황금열쇠를 보장 받는 부동의 제왕 자리를 노상 차지하
고 있는 싸전의 명당 미곡상에는 작은 애기 씨(양곡 종자)를 심어…
지루한 물난리에 끈적끈적하고 찐득찐득한, 습기 찬 무더위에도 푹
푹 찌는, 불볕더위로 달궈진 대지가 팽창할 듯 숨이 턱턱 막혔어도,
착착 가꾸어 낸 구슬땀에 고스란히 야물 지게 열려 대풍인 오곡백
과들을 거둬 그것들을 타작마당에서 잡곡은(보릿대, 콩대, 깻단 등)

자근자근 도리깨로 작살을 내 낟알로 벗겨 얼개미로 치고, 풍구나 팔랑개비로 돌려 마무리 키질을 해서, 쭉정이는 군불로, 벼는(지금은 콤바인 농기계를 이용해 벼를 베지만) 탈곡기에 탈탈 텁니다. 벼를 턴 후 짚단은 짚동으로 싸서 겨우내 쇠죽(쌀겨와 볏짚)과 땔감용으로 쓸 것만 제쳐둡니다. 나머지는 들에 나갈 필요 없는 겨울 한철 지루할 새 없이 6일 동안은 사랑방에서 지푸라기 엮어 새끼를(지금은 틀을 밟아 새끼 꼬고) 꼬아 가마니, 망태기, 삼태기, 도롱이, 맷방석, 짚새기(짚신삼기), 보고리, 솜씨 좋은 짚일인 짚플 수공예품을 짜고, 대나무, 광주리, 복조리도 짜 농한기 농외 소득원으로는 주가 되어 짭짤했지요.

떠들썩한 7일장 날이면 나락금을 쳐주는 추곡수매를 제외하고, 일부 탈곡한 알곡들을 덜컹거리는 수레에 실어, 지독한 말똥소똥 냄새 나는 좀 넓힌 비포장도로로 나갔지요. 흙먼지 오락가락하는 마차로에 짐마차, 도롱태, 소달구지를 굴리며 싣고 갔습니다. 산길을 잘 걸을 수 있는 노새가 묵묵히 끄는 수레에도 실어서, 쌀 망종전에 벤 찰보리, 서리태, 서먹태, 강낭콩, 왕태, 백태, 흑콩, 기장, 수수, 깨, 찹쌀, 팥, 녹두, 청좁쌀, 쥐눈이콩을 날랐습니다. 한 됫박짜리 지역 특산물이 있는가 하면, 말로도 담아 놓고, 한 짝으로도, 양곡부대 수십 자루로도 담아 놓았습니다. 녹슨 낡은 저울도 있었고 소금

밭 염전에서 그 해 첫 소금 내던 날 염부 소금 장인이 만든 굵은 알
갱이, 하얀 금도 시가보다 헐하게 도매로 두루 꿰어 놓았습니다. 이
렇게 총집합된 것들에 대해 보람에 겨워 어찌할 바를 모르던, 마디
마다 굳은살에 나이 켜가 붙은 다부진 체격의 고수 할아버님. 어업
과 관련된 일을 하다가 접은 뒤 낮밤을 바꾸어 사는 눈치 100단의
도매상인. 그는 갈매기를 벗하며 바닷길을 열고 온 어시장까지 나가
많은 물건을 가격도 흡족하게, 좋은 물건 싸게 잘 사야 했지요. 경
매인에게 수시로 경매 받은 수확물을 다량 확보해 작은 소매상마다
넘기며, 비린내 물씬 묻히고 들고 나는 그의 고정된 일터.

초입 생선골목에는 소싯적부터 개가도 재혼도 안 한 수절 청상과
부가 생전 일면식도 없었던 사람이 추파를 던지며 추근거려 기분을
잡쳐도, 쓴웃음만 지었죠. 분칠 한번 안 하고 숨 돌릴 틈 없이 생계
비를 혼자 벌며, 피나는 숙명으로 강직하게 살아와 늘 주름투성이
인 얼굴. 자글자글 미소 지으며 헐렁헐렁한 고무줄 몸뻬바지를 즐겨
입던 작달막한 키의 빠글빠글하게 파마를 한 아주머니.

냉수를 쭈욱 들이켜고 봉두난발에 이두박근 삼두박근에 걸친 베
등거리로 지천명을 갓 넘긴 외모지만, 밭에서 방금 똑똑 딴 수박 ,참
외를 최고 운송 수단인 나무 지게에 등짐으로 몇 번을 져 나르던 아
저씨. 흠 없는 상품은 장마당에 수두룩하게 널어놓고, 설익어 아직

색이 덜 난, 단맛 덜한 치리기는 반으로 뚝뚝 동강난 것을 맛보기 우수리로 뜨내기손님에게만 얹어 주던, 장정만큼 강골인 뚝심 가진 구릿빛 팔뚝 아저씨.

따분하게시리 중년을 넘긴 나이깨나 먹은 사람들이 추악하고 추잡하게 막 살아온 듯, 잠시 두리번거리다 한방에 끝내려는 상황을 간파하더니, 웬일이랴, 발 냄새, 땀 냄새 고리타분한 구두와 양말을 벗어 던지고 소매까지 걷어 올려, 한 몫 잡자고 구닥다리 옷가지들을 다락같이 터무니없게 팔아 치우는 허접한 장바닥. 확성기로 삼척동자도 아는 미주알고주알, 귀신 씨나락 까먹는 헛소리를 상대를 내리깔고 기고만장하게 속사포로 쏴대며, 목에선 쉿소리가 나고 핏발 선 핏대까지 닳고 닳은, 덤터기로 이윤을 내며 막장으로 치닫는 노랑이로 소문난 야바위꾼, 협잡꾼, 의류업자. 살짝 치뜬 눈길을 맞불로 되받아치며 회심의 미소로 무르자고 조곤조곤 입심으로 풀어가는 중년부인들, 한심한 듯 쟤들은 왜 저럴까, 미친놈들 아냐? 한방씩 먹은 꼴불견 잡놈들.

눈여겨보니 케케묵어 닳을 대로 닳은, 도통 상호도 보이지 않는, 이리저리 칼질 자국이 있는 푸줏간에는 가불만 해서 한숨만 내쉬면서도, 그래도 돈푼을 구경할 수 있는 월급날에 갚을 요량으로 외상장부에 외상을 달고, 쇠고기, 돼지고기, 잡고기 반 근, 한 근, 소리를 내며 간 양날의 시퍼런 푸주 칼로 마까질 근량을 달아 사가는 사람들이 있었지요. 입에 풀칠만 하는 돈벌이가 시원치 않은 이웃들에게는 물컹물컹한 선지를 한 양재기 두 양재기, 한 뭉치씩도 마분지 포대종이에 미어터지게 싸주면, "에구머니 이걸 어찌할랑가, 우리 아덜 같네. 참말로 인정도 많으시지." 하고 고마워했지요. 의외로 소탈해 보였던, 멋진 구레나룻에 수염을 기른 주인장과 좋은 일 허는 여장부 포스의 안주인.

힘들게 고학생 시절을 거친, 명석해서 명성을 얻고 출세가도를 달리다 돈과 인맥이 말해주는 과수댁 양자로 들어가, 그 과수가 병석에 눕자 물려받은 한 우물만 판 아저씨, 지니고 있던 놀라운 혜안으로 상재, 이재를 귀재답게 주무르며 재력이 대단했던 거상 도산매 주단 포목상에는 혼수 장만하는 여인네들의 한복 맵시를 살리고 착착 감기게 하는 누에고치에서 뽑은 가느다란 실크 생사 비단들이 눈이 번쩍 뜨이는 곱디고운 갑사, 나일론, 천자락이 푹신한 빌로드, 무늬를 색실로 놓아 짠 채색한 고급양단, 공력, 품도 많이 든 청공단, 붉은 색이 감도는 홍공단이 한 마름 한 마름 감겨 있어 아롱다롱한 것이 볼만했습니다.

그저 적은 소출이지만 소일거리 삼아 손바닥만 한 뒷밭 한쪽에서 조금만 뒤적여도 금방 속이 쑥쑥 찬 그날 풋것을 솎아와. 그것을 가림 막도 없는 시장 통에 끌러 놓고 하루 종일 팔아도 주머니에 들어오는 액수는 얼마 되지 않지만, 박하다 싶으면 한 자밤이 아닌 한줌이라도 더 집어 줘, 사심 한 톨 안 보인 심지 올곧은 꼬부랑 등 할머니.

흙 담벼락 아래 펼쳐 놓은 사과상자 안에는 마당 한 쪽에서 키우던 벌레와 지렁이, 푸성귀 부스러기를 쪼아대며 잘근잘근 뜯어 먹은 한 뼘씩 큰 달구새끼와 어미닭을 치고 난 달걀 몇 꾸러미만 짚으로 엮인 채 열댓 줄이 들어오곤 했습니다. 금방 푸드덕 날아올라 싸움만 하는 볏이 두드러진 새까만 수탉도, 막 낳은 계란을 들고 수선을 떠는 사람도, 갈꽃으로 비를 만든 빗자루도 ,수수비도 놓여 있었습니다. 옆에 참기름, 들기름 네댓 병이 송판때기에 올라 앉아 있고요.

험악한 인상에 고자질을 밥 먹듯 하고 얼굴에 철판을 깐 고약한, 정말 뻔뻔한 짓만 일삼던 징글징글한 뺑덕 어미... 도리를 저버린 문제투성이 새어머니가 어찌나 구박하는지, 귀머거리로 살다가 감정 골이 깊어져 난타전이 벌어진 뒤, 차례로 업어 키운 식탐 많고 핏기 없는 애물단지 꼬맹이 동생들을 업고 쪼르륵 집을 뛰쳐나온, 곱게 땋은 머리 단이 수수해 보이던 혼기 넘긴 과년한 처녀. 그녀가 실바늘을 한 아름 안고 한 코 한 코 뜨개질로 손품을 들인 폭신폭신

한 털실 스웨터, 털장갑, 털목도리, 여기에 곁들여 일일이 말아서 꼰 매듭까지 엮어 팔았죠. 들고 나는 사람이 그 솜씨에 홀딱 반했었답니다.

점원까지 있는 어중간한 규모의, 메이커를 다루던 전자상품 가게. 가정의 필수품인 가전제품들을 출장 수리도 해주던 곳. 수동 전화기 장도(칼)와 나침반까지 한자리 차지하고, 탄탄한 경력으로 자전거를 고쳐 주고 판매도 하는, 노년을 독신으로 늙어 가도 보기보다 우둔하지 않고 지게에 곡식을 짊어지고 와 개똥철학만 읊조리며 일당백 능력으로 금방 팔고 했습니다. 살 만했지만 재미를 봐 자리 잡은 터라 노후 밑천으로 묘목을 길러 배, 자두, 복숭아, 앵두랑 사과를 과수농가에 파는 복 많은 노인네도 있었습니다.

삼베농사를 지어 삼 삼고 말리고 백 번 거쳐야 한 필이 나오는, 한 올 한 올 고되게 길쌈한 삼베가 너끈히 수십 필은 되어 보이고, 흰 베와 명주도 감겨 있었지요. 징검다리를 건너고 신작로를 또 건너고 차를 타고 온 베보다 올이 가늘고 황색을 띠는 안동포도 목화솜으로 천을 짠 무명도 사오십 근 정도 돼 보였고, 모시풀, 모시 잎은 먹거리로, 줄기는 입을 거리로 쓰였죠. 잘 마른 태모시를 째기, 삼기, 날기, 콩풀을 먹인 매기. 매기가 끝난 씨실과 날실을 모시베틀로 짠 한산 세모시는 삼베보다 올이 가늘고 깔깔하며 통풍이 잘돼서 최고

급 대접을 받기도 했답니다.

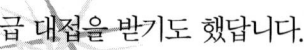

손대는 것마다 브레이크가 걸려 폭삭, 쫄딱 망했지만, 그딴 게 중요하냐며 체면을 무시하고 맨땅에 박치기한, 비록 작고 볼품없는 피난처 청과상에는 맘고생 털고 자그마한 몸에 지악스럽고 투박한 사투리로 "충청도 출신 아인교? 이보게 나 좀 볼라우? 우짜던지 중늙은이 늙수그레한 경험으로 재배한 채소야!" 홀씨로 번식한 버섯, 잘 키운 시금치, 부추, 상추, 미나리, 넝쿨에서 많이 연 호박, 대파, 쑥갓, 아욱, 토란, 줄줄이 굴러 나오는 고구마, 근대, 짙푸른 외, 당근…. 과실은 궂은 날씨에 낙과도 많고, 중간 상인 통해 공수해 온 거라 좀 비싼디, 다 소박한 농사꾼이 길러 낸 것들이라서 저렴한 가격에 금세 동이 나 돈 통에 돈이 수북이 올라오고, 쪼개 파는 반 토막 나 값이 뚝뚝 떨어지는 짓무른 것들은 곁들이로 얹어 주곤 하던 사람.

세파에 허욕 좀 부리다 맹해가지고, 돈이란 쥐는 게 맛인데 장삿길을 몰라, 누적되는 적자에 보증금까지 까먹고 시름 깊어 간판을 내리고 뒤엎는, 질겨서 물이 안 새는 고무로 만든 검정고무신, 백고무신, 털신, 검정운동화 장수가 "알 듯 모를 듯 알쏭달쏭 한 거가 장사인개 벼." 하며 한잔 낮술로 터진 속을 달래던 일. "산 입에 거미줄 치겠어? 애 터져 죽겠네." 하며 상심에 중얼거리곤.

바스러질 듯 흉측한 구조물 뒤에 보아하니 허구한 날 하는 일 없이 느려 터져 일은 통하지 않고, 행색을 봐선 거지 근성인 꾸질꾸질한 양아치 입성을 입은 부랑아 부랑자들이 집단으로 노숙하며, 벌건 백주대낮에 빌어먹다 독주를 맹물처럼 부어 넣어 술에 절어서, 아무 데서나 곯아떨어지고 똥오줌을 갈겨 지린내가 나고, 머리에서는 썩은 냄새가 나고, 혀 꼬인 소리로 괴성을 지르며 인사불성이 돼 시비가 붙어 삿대질에 쌍욕으로 우악을 떨던 인간 망종들. 공갈을 쳐서 남의 물건 슬쩍 도적질하다 감방도 들락날락 머저리 시궁창같이 사는 지지리 궁상들, 빈곤에서 벗어나기는 영 글렀네요.

007가방이 아닌, 좌판 식 손수레 리어카에는 눈에 쏙쏙 들어오는 사카린, 당원, 세숫비누, 고약, 양잿물, 양초, 집들이에 불같이 일어나라는 성냥, 요긴하고도 만만한 물건들로 까다롭게 섞여 있는 반짇고리까지 갖춘 방물장사. 한갓지게 객담만 하는 뒷짐 진 구경꾼들이 몰려들어, 지성이면 감천이라더니 진득한 기백을 내세워 참숯가마터에서 울퉁불퉁 근육을 가진 숯 굽는 꽁지머리 숯가마 꾼이 화력이 좋아 알맞게 탄 검은 숯덩이를 가지고 나와 팔았지요.

한 해가 가니 풍년이 들어 접으로 파는 색색 과일전에는 열매도 달고 모양도 좋은, 옹골차게 속이 익은 것들이 때깔을 뽐내며 뒤죽박죽 나뒹굴고⋯. 조실부모에 일자무식에 까막눈이라 글 한 자 못 쓰다가, 어린아이가 된 양 뒤늦게 글 한 줄 한 줄 글 보따리를 써내려가는 늦깎이 만학도인 헌책방 주인. 싱글벙글하며 "보이소, 그렇게도 좋습디까?" 하면, "암만이지." 하고.

동고동락 내남없이 의형제를 맺고 형님아우로 지내는 죽상이 된 길거리 붕어빵 장사, 군고구마 장사가 농담을 섞어가며, "이렇게 안 되니 못해 묵겠네, 거들떠보지도 않으니 뭐, 돈벼락맞는 요술방망이 어디에 있남요?" 하며 이 구석 저 구석 다 봐도 마뜩치 않은 듯 근심이 깊은지라 일찌감치 보따리를 싸면, 걸음걸음이는 지쳐 보였답니다.

붙었다 떨어졌다 하는 '목화솜 탑니다'라고 쓰인, 솜 가루가 앉은 입간판이 보이고, 풍자와 해학이 깃든 탈춤놀이, 주지탈 각시탈 앞세우고 장구, 태평소, 꽹과리, 징, 퉁소, 북, 당피리, 대금, 상무 돌리기, 어깨에 무등을 탄 무동의 너름새까지, 쌀이나 돈을 기부로 받고 한바탕 신명나게 풍물패들이 춤판을 벌이면, 춤사위, 샘돌이, 구경거리가 혼을 쏙 빼놓곤.

호젓이 자리 잡은 샛길을 끼고 도니 자기 장끼를 자랑하는 동물 곡예사, 엉덩이를 실룩대는 각설이타령에 차력사, 버나놀이, 줄타기 놀이, 마치 요술에 걸린 듯 모자만 벗으면 비둘기가 날아가는 마술사의 마술. 어처구니없는 허풍에 "얼렐레? 근디, 저게 다 설레발치는 뺑인가 진짜인가, 알딸딸하네."

한가위 날 해마다 변함없이 치열하게 받아치는 닭싸움, 소싸움에 담배와 시금털털한 막걸리, 걸고 먹고 나자빠지는 남정네들, 그 타령이야말로 상팔자네. 대보름날 삼삼오오 주르르르 늘어앉아 박달나무 윷으로 품위 있는 행사인 척사 대회를 열곤. 단단한 체구에 목숨 같은 군벌 줄을 단 말단 졸병 병사가 칼같이 주름 잡힌 제복을 입고 군화를 신고 달콤한 휴가를 보낸 뒤 귀대를 합니다. 부락 부락마다 분류작업을 해서 소분한 편지를 주소에 맞게 배달하는 우체부 아저씨가 부산스레 돌곤 했습니다.

오래된 영사기 너머로 '대한뉴스' 필름이, 변사가 더빙하듯 읊어대는 흑백 무성영화 활동사진이 돌아가는 영화관. 극장 앞에는 그림에 자질이 있는 영화 간판과 정물화 초상화를 그리는 화공이 대작을 그리듯이, 여전히 팔방미인, 팔등신, 팔색조 염문을 뿌리는 여배우와 로맨티스트 남자배우의 농밀한 애정행각을 그렸죠. 삼류에 "아따, 어쩐다냐?" 하며 남세스러운 야한 씬을 활발한 붓질, 붓놀림으로 초벌을 하고, 다시 물감으로 도색하는 마무리 작업에 들어가더니, 영화가 뜨고 늘어서 있는 관객이 많아 새치기하는 사람도 있고, '표 있음' 하며 암표를 많이 확보해 놓고 쉽게 표 장사를 하는 암표 판매자도 있었습니다.

염소 털을 고르고 기름기를 제거한 붓이 한결 부드러워졌어요. 일찍 붓 잡는 방법을 배워 초야에 묻혀 사는, 소매통이 넓은 두루마기 차림에다 갓을 쓰고 묵향이 흐르는 선비 화가가 연적과 몇 자루씩 사들이곤 했습니다.

툭 튀어나온 말석에 앉아 있는 면서기의 딸기코가 납작하도록 완전히 짓뭉개고, 입은 합죽이가 되도록 실은 콩나물시루 만원버스, 차장 아가씨는 차문에 대롱대롱 깝작대는 학생을 지그재그로 밀쳐넣어 "쪼까, 나 죽겠네이, 뭐 이런 데가 있노?" 해도 '오라이'로 출발 신호만 보냈죠. 편리한 문명의 이기인 택시가 서민들에겐 그림의 떡인, 눈 씻고 봐도 찾아볼 수 없다가, 어쩌다 나타나면 두 팔을 번쩍 흔들어 부르면 개뿔, 이런저런 핑계로 다른 꿍꿍이셈이 있는 듯 툴툴대며 부릉부릉, 씽씽, 쏜살같이 퇴짜를 놓는 운전기사. "생겨 먹은 건 잘생겼고만, 에고, 고따위로 살아봐라." 하고 소리 지르던 사람들.

자동 교환기가 도입되며 사라진, 교환원이 회선을 연결해 줘야 하는 수동 전화기를 돌리면, 상냥한 목소리 전화 교환수가 나와 "어디를 대드릴까요.?" 하고 바로 응답했죠. 나랏일 보는 관공서에는 야무진 타이피스트가 따닥따닥 때릴 때마다 손끝에서 춤을 추던 글자들. 어둡고 휑한 변두리 시장 뒷길 양계장에는 암탉이 낳은 깨진 알을 받아가지고 나와 저녁밥상에 올리려는 생각에 일하는 사람들이 분주히 발길을 옮기는 곳.

아늑하게 굽은 도로 옆에는 다 쓰러져 가는 초가집을 목수와 막노동 잡역부, 노가다 판 '데모도'들이 공구를 싣고 와, 목에다 젖은 수건을 두른 채 땀에 벌게지도록 드릴로 뚫고, 탁탁 망치질하고, 쓱싹쓱싹 톱질도 하고, 철판을 구부리는 용접도 하며 전부를 뜯어 고쳐, 양돈장인 돼지들의 집합소로, 소 우리로 만들었지요. 어느덧 수퇘지 암퇘지가 오글오글, 와글와글 섞여 살았지요. "한우 7두도 고만고만한 고놈들 잘 자라야 할 텐데 어떻게 될랑가?"

어린 시절 일찍 갈라선 부모 때문에 어렵사리 성장해 찌들만도 한, 늘 우수가 깃든 눈매를 가진 젊은이와 정반대되는 우애 좋은 가정에서 올바르게 성장한 또 한 젊은이 동년배가 있었지요. 성공으로 우열을 가리기 어려운 두 사람. 뒷배가 없는데도 범상치 않은 타고난 재능으로 고급 기술과, 부품을 사다가 첨예하게 라디오를 조립해서 날로 날로 일취월장하는 재주 덩어리였습니다. 또는 웬만큼 산다는 집에서는 빠지지 않는 재봉틀을 팔아 대박을 쳐서, 사업가로 깜냥을 나타냈지요. 천부적 기질을 타고난 듯 그렇게 평생지기 절실한 친구가 되어갈 듯했습니다. 실밥이 드러나지 않게 균일하게 박아야 되는 삯바느질, 혹은 홀치기 같은 짤짤한 일감이 자전거로 '하꼬방'인 판자촌에 뻔질나게 들어가는 걸 보면, 밥벌이는 문제없어 보였습니다.

골초인지 새마을 담배를 보루째 사들고 재빨리 발길을 돌리는 사람도 있었습니다. 번갯불에 콩 구워먹듯 곱창 한 바가지 시킨 상인들이 이것도 괴기라고, 벌써 소주를 한 순배 돌리며 그냥 눌러앉아 산 이유는, 입맛을 쩍쩍 다시며 생활은 항상 궁핍하고 어디서 손 벌릴 곳도, 뭐할 것도 대안이 없었던 터였지요. 목구멍은 포도청이고, 안팎으로 한 푼이 아쉬워, 돈푼이라도 벌 요량으로 아예 자리를 잡고 숨 가쁘게 살아왔네요. 타향살이 고독에 거나하게 취한 듯 더블로 술과 밥을 먹으며 신세한탄을 합니다.

남편이 헛바람이 들어 내연녀와 놀아났다고 나냐, 아니꼬운 저년이냐, 하며 마냥 놓아두질 않고 종주먹을 들이대더니, 얄짤없이 비겁한 맞바람을 피워 수십 년 쌓은 신의가 다 깨져서 원수가 된, 자수성가한 버스 운수사업 사장. 정절을 지키지 못한 부인 또한 재원이었지요. 이 부부가 잘살아 오더니, 저런 어쩐다요, 뭔 미련이 남았을까잉, 징그럽기도 징하겠네이. 허허, 엎질러진 물이로다. 세탁소에는 양복 짜깁기를 어정쩡하게 흉내만 내다가 더 엉망이 돼버려 종국엔 물어낼 판. 뭘 하자는 거예요?

주책 같기는 한데 체통이고 뭐고 간드러지는 기교, 나긋나긋 미색 콧대 높은 노처녀 계략에 말려들어 씨받이로 앉혔다가 전 재산이 날아갈 판. 머리를 움켜쥐고 골머리 앓던 대부 격 연탄공장 사장이 툭 던진 말은 어디 가당키나 할까, 호락호락하게 등쳐먹을 수법. 계산에 치를 떨고 결국은 돈 몇 푼에 나가떨어질 판이었죠. 의당 그래야지, 역시 개판이네요. 평생 친언니로 쩔쩔매며 끔찍이 섬기던 작은댁은 얹혀 있는 짐인지라 목소리 한 번 크게 내지 못하고, 온종일 쉬지 않고 일하고도 한 푼도 돈을 쥐지 못하던 순댓국집 두 여인. 말주변은 없어 보이는데 장사 수완이 좋아 길거리 신세를 벗은, 간판의 글자가 떨어져 나간 가게. 방에는 마늘 열댓 접과 비싸게 매물을 내놓은 진귀한 인삼이 어림짐작 수십 냥은 되는 것 같아, 먼저 거기가 여기께인가 대뜸 물어보더니, 용돈까지 탈탈, 동전까지 털어다 사가는 멋쟁이 아줌마.

목화에서 솜을 만드는 조면기와 솜을 타는 타면기로 탄 솜털이 몽실몽실 묻은 목화솜이 육십 근 가까이 바닥에 까발려져 있어, 짜랑짜랑한 목소리에 마흔 문턱을 넘어 보이는 이불집 주인이 편물기술까지 상당히 꿰고 이리저리 왔다갔다 기계를 눌러 스웨터를 짭니다. 거친 필치로 갈겨쓴 코너에는 자물쇠 열쇠 수리, 꼼꼼히 고쳐 주다 보니 사람이 너무 몰리면서 거드름을 피우기 시작하는 속물 조만불 만능 수리공이라는 전파사가 보이고, 점집 옆 꽃다리 위에는 신의 계시니 신령님의 점지니, 인명은 재천이니 하며 애매한 점사를 돗자리 펴고 점도 보고 부적도 파는 점술인들이 저마다 족집 게라며 하나 둘 씩 모여들었습니다. 눈비를 막아 줄 기름칠한 누런 종이와 대나무로 만든 지우산, 비닐우산을, 장화를 눅눅한 우기 때 를 대비해 없는 살림에도 변통을 해서라도 하나씩 사 나르는 행인 도 있었지요.

한 가닥 하는 실력인 특유의 뚝심으로 착실히 기반을 닦고도, 뛰 어난 사업 전략 달변인 화법 화술로 환심을 산 양은전(노랑 알루미 늄 냄비, 양은 술잔, 숟가락, 젓가락, 양은 솥, 접시, 종지, 컵, 주전자, 식기, 쇠로 만든 부엌칼, 스테인리스 칼, 찻잔, 유리 제품, 양철 냄비, 프라이팬, 국자, 대추, 밤, 제수과일, 약과 올릴 제기도) 주인. 썩지 않는 것이 단점인 값싼 플라스틱 용기가 여러 가지가 나왔다고 상기 된 표정으로 손님을 맞이하곤 했습니다.

'인생역전, 일확천금'을 꿈꾸며 가산을 쏟아 부어, 한때는 활황이 라 먼지 낀 회색 작업복에 기름때 묻은 수출 역군 덕으로 빡세게 돌아갔을 견실했던 공장엔 아뿔사, 흥망의 기로에 서 있더니, 결국 은 내리막길을 타고 말았습니다. 기둥째 뿌리 뽑힌 녹슨 쇠말뚝에 연기를 내뿜지 않는 말짱 공염불이 된 거대한 굴뚝이 시방은 쉬고 있는지라, 빛 좋은 개살구였군요. 아니면 기술이 달려 판판히 깨졌 나, 부도를 크게 맞았나? 밥줄 끊긴 사람들이 월매나 복장이 터져 부렸을까잉. 손익 분기점이 맞지 않으니 도망자의 궁여지책, 사업비도 못 뽑았겠지, 모두 제 살길은 찾았을까요.

방앗간에서 베개 속과 달갑지 않은 겨울 사과궤짝 속 덮개로 쓰일 쌀 등겨를 지고 가는 과수원집 주인이 서두르곤. 극한 추위에 땔감용으로 손풀무 풍로에 돌릴 덜 마른 톱밥을 얻어 가려는 사람들이 목재를 나르는 제재소 앞에서 새벽부터 떨며 줄을 서서 장사진을 치곤. 순찰 도는 야경꾼같이 비지는 덤으로 아믄요, 몇 시간 전에 만든 손두부라요. 별별 곳 다 뺑뺑 발품 돌며 키는 멀대같이 큰 사람이 웅얼대며 바쁘게 종을 잘랑잘랑 흔들고 다녔지요. 잘 다듬어진 팔 근육질에 굵은 손목으로 벽돌 뺀 공사판에는 철 지난 뽕짝이 나오는 구식 라디오를 크게 틀어 놓고 여일 찍고 나르는 몸짱 청년들. 그랗께 이팔청춘 무쇠 팔인가봐요.

편히 쉴 때도 됐건만 개운치 않은 날씨에 삭신은 콕콕 골골 고뿔을 달고 사는 호호 할아버지가 코를 팽팽 풀다 방귀를 붕붕붕, 무디어진 날을 벼리려고 외마디를 지르다 붕붕붕, 겁나게도 뀌시네요. 붕붕붕, 방귀쟁이 할아버지. 가난한 재봉사의 첫째로 태어나 비천하고 빈티 나는 직업이지만, 차가운 거리에서 뽑기를 만드는 연식이 젊어 보이는 청년도 생각이 나요. 워낙 수요가 많은, 솥에서 꺼낸 복스러운 따끈따끈한 찐빵이, 찐 옥수수가, 순대가 입맛을 끌어당겨 환

장하겠네아, 한 마디씩 합니다.

간 큰 남편이 여간내기가 아닌 심통 맞은 천박한 첩을 봐, 미운 정 고운 정 다 든 맷집은 좋은 조강지처를 툭하면 머리채를 끌고 징징 질질 짜느니 어쩌니 하면서 허벌나게 두들겨 패, 헌신짝만큼도 여기지 않는 개박살을 내고, 쏘삭질 선수인 푼수 작은 마누라는 안방을 차고 들어앉아 살아서, 소박을 맞고 의지가지없는 천덕꾸러기 신세로 길에 내몰려 정나미가 떨어진 본처. 기가 차서 부글거리는 몸을 다잡고 집에서만 조신하게 부엌데기로 있었던 터인데도, 말린 건제품, 서른세 번 손이 간다는 황태, 오징어, 김을 팔면서 "이것도 팔자소관 팔자렷다." 하면서 이판사판 비장한 결기로 손님들을 부르곤 했지요. 이동판매 상인들이 벨트, 지갑, 덧버선, 빗, 귀고리, 가위, 팽이, 그럴듯한 장신구, 액세서리, 노리개, 자그마한 핸드백, 곰 인형, 장갑, 이 잡는 참빗까지도 파는 잡화상이 늘어났고, 모자장수도 챙 없는 모자부터 아기들 모자, 옷감과 양말, 팬티까지 갖다 팔곤 했지요. 빚만 불려 빚잔치를 하고는, 호구지책으로 산에서 주운 도토리로 쑨 메밀묵을 질빵에 메고 목이 쉴세라 질러댑니다. 말년에 어느 자식한테 오도가도 못 하고, 오갈 데 없는 정에 굶주린 칠십대 노인네가 내 한 입 덜고자 쓸고 닦고 붓고 채우는 허드렛일로 하루 종일 허리를 펼 수 없는 밥집에 의탁해 궁상맞은 뒷방살이를 하면서,

뒤웅박 신세가 됐다며 설움이 몰려오는 듯 추레한 몰골이 청승맞고 딱해 보이기만 합니다.

일은 젬병인 으스스한 도깨비 집. 하천 옆 움막으로 모여든 사지육신, 몸 성한 얼간이들이 몸을 그냥 놔두질 않고, 느닷없이 좌우 훅 코피 나게 얻어터져 사생결단을 내듯 힘을 겨루며 주먹으로 뺨까지 맞짱을 뜨다가, 냅다 메다꽂는 패대기를 치고도 부모 뻘 나이의 지나가는 사람에게 눈을 부라리며 농지거리를 까발리고, 숭한 욕을 내뱉습니다. 노닥거리며 깐죽거리다 태클을 걸어, 이 민망한 모습에 부들부들 떨며, "살다 살다 별일을 다 겪는구먼." 하면서, 개차반 야수인 막장 말종들의 망측한 언행에 노인들이 혀를 내두릅니다.

찌그러져가는 고물상에는 헐값에 사들인, 돈 되는 쓸 만한 걸 고른 고물들. 고철. 철사, 냄비, 버려진 폐자전거, 빈 깡통, 폐 기계, 너덜너덜해진 이 책 저 책 폐지, 폐타이어, 집에 굴러다니던 빈병, 파지, 오만 쓸모를 다한 잡다한 폐품, 고리타분한 고물로 넘쳐납니다. 언젠가는 쌈박하게 폼 나게 살아 보겠다고, 웃도리를 벗어젖힌 웃통은 숯 검댕이 되도록 죽을힘을 다해 연탄을 떼다 나르는 저 양반, 요새 사람치고 참 살려고 애 많이 씁디다.

양지바르고 꼬불탕꼬불탕 이어진 건너편에는 좋은 질점토로 가마에서 구워 유약을 발라, 반짝반짝 독 짓기 한 독군의 옹기, 주둥이가 최고인 손잡이가 달린 고추장 단지, 간장 단지들. 옛 토기의 질박함이 아름다워라. 나이가 무색할 만큼 팽팽한 소금장수가 족히 4, 5년 지난 산더덕도 펼치고 있고, 흘깃 보니 엉거주춤 행동이 굼떠 보이는 몰염치한 남편은 호떡만 우겨넣는 자격, 함량 미달 헛방으로 보이고, 몸을 푼 지 얼마 안 된 붙임성 많은 애 엄마는 갓난아기를 포대기로 들쳐 업고 불판 위에서 호떡을 뒤집어 구워 파는데, 뭘 하자는 건지, 저런 빵점짜리 같으니라구.

눈독을 들이다 야음을 틈타 야경벌이로 이층 좁은 어딘가 허술한 방범창을 뜯고 장롱 속 신주로만 모셔온 귀중품인 반지, 목걸이, 시계를 치졸하고 쩨쩨한 좀도둑이 아닌, 신세망치는 전당포를 털다 졸아든 범인이 쇠고랑을 차고 끌려갔다고, 여러 입을 거치며 수군수군합니다. 분봉이 여의치 않고 까칠한 이상기후로 꽃이 많이 피지 않을뿐더러 벌통 단속도 못 해, 딴 꿀이 '찔끔찔끔'이라고 역정 섞인 볼멘소리로 "날린 돈이 숱하당께." 풀이 죽은 푸념을 시큰둥 늘어놓곤 하는데, "그런데 요즘엔 좀 나서요." 하네요.

쿵더쿵 떡메 치는 소리가 나는 집으로 착해 보이는 아저씨가 막걸리 두 양동이를 어깨에 짊어지고 촐싹 방정 똥줄 나게 뛰어갑니다. 낭비벽을 고치지 못하고 깔끔하게 다림질한 신사복에 코트를 입고, 허세로 거들먹거리며 돈을 펑펑 쓰는, 고급 검정색 승용차를 몰고 온 돈냥이나 좀 튕기는 소인배 좀팽이들이 채신머리없이 유흥가 화류계 여급, 밤의 여인들과 대낮에 경박한 신변잡기를 주광, 주색에 빠져 술 웃음, 안주냄새가 장 길을 뒤흔들었지요.

가옥매매 알선하는 중개업에서는 섣부르게 돈을 빌려 구한 집문서를 내놓고, 앞가르마에 꼰대 이미지인 싹수없는 꼬장꼬장 할배가 "고딴 뭔 이런 집을 멀쩡한 집으로 이바구를 해?" 할망구를 날탕 상술로 속여 놓고도, 다 아는 꿍꿍이를 아무시렁 않다는 듯 무조건 모르쇠로 발뺌을 해서, "욕지기가 난다, 이 영감탱이 노친네야!" 하는 잔소리를 바가지로 듣지요.

복근이 탱탱한 군살 없는 몸매에 예술적인 센스까지 탁월한 이순을 바라보는 나이에 왕골농사 기술에만 외골수로 푹 빠져, 여름이면 한 몫 챙기는 이만저만한 품이 드는 게 아닌 왕골 돗자리, 왕골 베개, 왕골 공예품들이 가히 환상적이라 늘그막에 돈 걱정은 없어 보였습니다. 본정통에는 더위 이겨낼 꽃무늬 수놓은 화문석도 기품을 드러내고, 이른 아침부터 미용실에는 꽃단장 나온 손님이 있는가 하면, 거의 조바심하며 대부분 단체로 짜 맞춘 듯, 손님들이 한 번 잘라 지지면 풀어질 때까지 버티는 뽀글이로, 똑같은 스타일의 파마머리를 하고들 나가는 아줌마들.

시원찮은 벌이 탓에 남들보다 일찍 낯선 객지에서 밑바닥이 이골이 난 듯 하루를 빠듯하게 보내는 쫄쫄 허기진 상인들. 배꼽시계가 점심을 알리면, 빵 둘러앉아 네 것 내 것 구분도 없이 끽해야 끼 당 오 원짜리 팥빵으로 여럿이서, 갓 구운 빵이 아닌 오래된 빵 한 덩 어리로, 떡장수가 빚은 쑥개떡 한두 개로, 밀기울 떡으로, 가래떡 한 줄로, 고구마, 장떡, 감자떡으로, 우적우적. 물건도 안 팔려 그건 약과인 그냥 썰렁한 물배로도 요기를 때워, 맛을 느끼는 오미는커 녕 삼시세끼는 엄두도 못 냈지요. "가타부타 배알도 없는 우덜 같은 무지렁이는 집 밥이 최고지." 하면서 반반한 대접이 아닌, 이 빠진 막사발에 미끄덩거리는 꽁보리 찬밥덩이를 짜기 그지없는 무장아찌 에 골마지 낀 홀아비김치를 치아도 몇 개 없이 우물우물 후루룩 말 아 뚝딱, 허겁지겁 비우는 사람도 있습니다.

축축한 맨바닥에서 여남은 명이 뭉쳐 주물러 썰어 낸 멀건 멀국 에 면발을 풀어 넣기도, 양푼에 감자를 넣고 수제비 반죽을 뜯어 넣기도 합니다. 이지가지 넣은 냄비에 된장을 끓여 여럿이 떠먹기도 하고, 봉지에 담아온 쉰내 나는 밥과 이놈 저놈 나물을 얹어 비벼 끼니를 해결하기도. 참 아따, 이 짜분 거, 남이사, 그깟 걸로 품격이 있는 체, 베갈 두 도꼬리와 퍼진 자장면을 주문하니 철가방 중국집 배달원이 등장해 성찬을 즐기네요. 부업을 하는 할머니들과 아이들 도 보이고, 입에 풀칠하고 옷으로 가려 줬던 구제품, 구호품으로 채

위 놓은 흡사 양품점도 보여요.

부유층 상대로 꾸준히 미군부대(PX)에서 빼낸 희한한 수입품 서양과자인 크래커, 버터, 후추, 치즈, 커피, 비누, 껌, 담배, 화장품, 초콜릿, 오렌지 주스를, 또는 암시장에서 떼어다 팔다 정부의 단속에 꼼짝없이 당해 가방이나 보자기를 빼앗겨, 다시는 이 짓거리 안 해야지 하면서도 터는 게 쉽지 않은지, 심드렁하니 울상을 짓기도 합니다. 전통 대장간에서 불에 달궈 벌겋게 단 무거운 쇳덩어리를 여러 번 풀무질하고 쇠맥질한 대장장이가 만든 주물과 각종 도구, 연장들이 농민들에게 불티나게 팔려나가, "재수 나름인데" 오늘은 빵 터진 장사라며 흐뭇해합니다.

철물점 겸 집 고치는 집이라고 걸어 놓은, 경사가 다소 가파른 만물상에는 함석으로 만든 물뿌리개, 물 양동이, 빗물받이 쓰레받기, 난로, 생활용품들, 그리고 대못부터 인두, 주판, 톱, 대패, 놋대야, 다듬이방망이, 됫박, 남폿불, 문고리, 괘종시계, 요강, 화분, 등잔, 곱돌로 만든 오래된 것들로 꽉 차 있어요, 한옥 두어 채를 허물어 몇 년 중단해 뭉개다 새로 들어선 신식 건물. 탄탄한 반석 위에 세운 옥상, 첨탑 십자가가 걸려 있는 경건한 예배당에서는 저지른 죄와 허물을 용서받고자 하는 독실한 신자들의 끊이지 않는 기도소리가 오래된 풍금소리와 함께 울려 나와요. 장사가 시들해 다 털어먹고,

많은 자식 먹여 살리기 위해 떠돌이 장돌뱅이가 여기저기 돈 벌 거리를 기웃대다 터벅터벅 허탕을 치고 맥없이 주저앉아, 어떻게 하면 먹고 살까 막막한 신세를 술로 풀더니, 잠이 오는지 두 눈이 감기고 유구무언일세.

수틀리면 요행수를 바라고 개망나니 못된 짓을 하는 노름꾼들. 노름 밑천으로 전 재산까지 들어먹어 가산을 탕진해서 때 거리도 없이 퀴퀴한 푸른곰팡이 낀 단칸방에 죽이 잘 맞아 달라붙어 얽혀서, 시도 때도 없이 나대는 타고난 노름꾼들이 경고음에도 소맷부리를 잡아당기며 꾸역꾸역 몰려들어, 담배연기 속에서 돈내기 화투판을 벌이곤 했지요. 먹고 죽은 귀신은 때깔도 좋더라며 공짜 밥을 허겁지겁 게걸스레 먹어치우고 후다닥 됫병 술을 마시는 숙맥들. 고따위로 살다간 평생 궁상을 면키는 힘들지요.

오색 연등이 내걸리고 법문이 찬불이 부와 명예를 포기한 홑겹 승복을 입은 사찰 스님들. 경전으로 뉘신지는 모르나 조촐하게 제를 올릴 쌀, 사과, 배, 고사떡을 지고 길을 헤치며 부리나케 언덕을 올라가곤 했지요. 명장의 무예를 연마하던 곳에는 질병과 잡귀 막아 주는 갖가지 표정 가진 천하대장군이 몰려오는 장객을 맞이하고, 산 중턱에 박수무당들이 모여 시줏돈으로 굿을 합니다. 구경꾼들에게 잔치를 베풀고, 옆에서는 터줏대감 느티나무에 당산할머니

고수레를 하지요.

괜찮다 싶은 사람들과 깊은 교분을 맺고, 체면치레가 아닌 아랫사람을 중시하니, 그런 대로 잘 굴러 척척 가동해서 굴릴 자금이 넉넉한 손꼽히는 부호들. 막걸리 제조하는 술도가 양조장에서는 많은 판로를 개척해 날개 돋친 듯 주문이 곱절로 밀려들고 물량이 빠듯해지는 호시절을 맞아, 노상 바빠 부지런히 술 빚기 시작하는 냄새로 폴폴. 성공의 연금술이 거기에 있네요.

녹슨 시계를 고쳐 쏠쏠한 이문을 챙기는 고집스런 끈질긴 장인도. 처첩과 행방이 묘연한 은닉처에 꽁꽁 숨어 있었지, 그러면 그렇지, 한 가지 비범한 재주 영달을 위해서는 수단과 방법을 가리지 않고 맹수가 초식동물 사냥하듯, 장사 족족 말아 먹고 떠난 피눈물 밴 가게마다 사족을 못 쓰고, 박 터지게 사들여 덩치를 불려 먹고 산다는 한 재산가이면서 굽실거리며 설설 기는 아첨꾼. 술 상무에 빌딩 경비까지 두어 고매해 보이는 척해도, 앞뒤가 꽉 막힌 모사의 달인이었지요. 병원비가 없어 애걸복걸해도, "무슨 뚱딴지같은 소리여?" 하며 같잖게 코웃음으로 깔보며 버럭 화를 냅니다. 그 인정머리에 귀를 달고 성격이 폭력적이며 난폭하고, 게다가 겸업으로 뒤가 구린 고리 대금업자에다 도저히 말발이 안 먹히는 탐욕 덩어리였습니다. 바늘로 찔러도 피 한 방울 나올 것 같지 않은 이 불한당 같은 인간아, 사람이 아닌 금수 곧 짐승이구면. 옥황상제로부터 볼기짝 곤장을 몰매로 맞아 봐야 저 잡놈이 정신을 차리겠지요?

햇볕 가리개도 없이 뒷산 험준한 고샅길 따라 십리도 넘는 길에서 뜯어다가 마당에 뒤적여 잘 말린 산나물, 뽕잎, 개망초, 참나물, 민들레, 곰취, 다래순, 쑥부쟁이, 무말랭이 등 집 반찬을 펼쳐 놓고 등 굽은 할머니가 돈주머니 달린 헐렁한 바지를 입고 퀭하게 기다리고 있었지요. 함지박에는 엉터리 둔갑 판매에 구구법이 틀렸다고 마른 굴비 몇 두름에 여남은 마리 대놓고 쭈그려 퍼질러 앉은 여편네니 뉘 집구석 마누라니 하면서 갈 때까지 옥신각신 빈정대며 막말로 이죽거리는 좀스러운 소가지들.

먼발치에는 생을 접은 사자 망자가 마지막 길에 수의 한 벌만 입은 채 이승에서의 밤을 보내고, 대나무 지팡이를 짚은 상주들의 곡소리와 상여꾼들의 구성진 노래에 묻힌 채, 화려한 장식을 매단 행여를 타고 영원히 잠들 저승길로 향하고 있어요. 이승과 저승이 한 끗 차이인데⋯. 시장통으로 빠진 남루한 골목에는 아비인지, 지게에는 열꽃이 가라앉지 않아 변을 당한 시체를 말아 애장할 모양입니다. 죽은 작은 숨결이지만 얼마나 살리고 싶었을까요. 구슬피 우는 어미도 뒤따르고, 눈에 넣어도 아프지 않을 귀한 자식인데, 한이 얼마나 클까. 명이 저렇게 짧아서야⋯.

각박한 때에 가난한 세입자 위해 간혹 짬이 나면 점심을 거저 사주고, 천정부지로 치솟는 임대료 월세를 시세보다 절반을 덜 받고 선행을 베푸는 천사 표 건물 주인도 있다고요. 요즘에도 그런 사람 있나요. "보래이, 복 많이 받으시요잉. 멋져 부러."

황홀한 노랑, 자색, 빨강, 감색, 연두, 청록색, 보라 등으로 끓인 색을 여러 가지 방법으로 뽑아내, 법도 있는 마님 귀부인 옷감이나 헝겊에(병풍, 액자, 육골 침) 수틀을 잡고 전통자수를 놓은 십자수 액자도 생각납니다. 원족을 가는지 날리는 분필가루만 마시던 선장인 교사는 치맛바람 엄마들이 따라 주는 마실 거리, 즉 주스, 우유를 한 컵씩 마시며 들뜬 표정을 감추지 못했지요. 혹연 냄새만 맡다가 빠져나와 뒤처지는 꼴찌부터 애랑 쟤랑 동무들이 선생님 뒤를 구령에 맞춰 졸졸 따라가고 다리 아프다고 생떼를 쓰는 아이들도 있었지요.

치분이나 소금을 묻혀 어림짐작 닦아내 치아가 엉망이던 그때에 이 해넣는 집, 이 해박는 집 이란 치과의사의 말을 흘려듣다 실랑이가 오가곤 했습니다. 고성이 오간 난장판에는 앞을 빌려 준 끗발 있는 주인입네 하고 입김이 센 본색을 드러내, 입에 달고 사는 거친 언사인 육두문자 상소리로 결례를 서슴지 않고. 자릿세 고리를 꼬박 뜯어가 제 잇속을 차리고, 어찌 그리 괴팍스럽던지. 뭐 고것이 고것인, 좋은 건 다 처먹제. 까짓것 무서워 봤자 이 치도곤을 맞을 놈아.

우시장 쇠전에는 뛰어난 언변으로 암암리에 오가며 아전을 해 구전을 받고 흥정을 붙이는 거간꾼이나 모리배까지 장사진을 치곤. 고집과 힘이 센 뜸베질, 비게질로 고함만 지르던 힘 좋은 주인에게 끌려 나온 소들이 고삐가 바짝 매인 채 소장수를 보고 흠칫 놀랍니다. 치정 행실이 좋지 않은 '칠렐레 팔렐레' 덕목과는 거리가 먼 탈선한 유부녀인 잡화상 여주인이 워낙 여인들을 농락하고 밝히는 덕대가 큰, 번듯한 직장은커녕 난봉꾼인 월세 문간방 김씨 샛서방과 눈이 맞았지요. 극도의 사치와 헤픈 씀씀이에 허랑방탕한 난잡한 사생활로 주변 가게마다 외상 빚을 지고, 그것도 모자라 돈을 끌어 모아 점방을 팔고 튀었답니다. 뭔 일 나겠네, 하고 걱정했던 대로 눈에 쌍심지를 켜고 이구동성으로 쑥덕쑥덕하곤 했지요.

한 판 짐을 나르고 무릎과 허리가 굽어 가는, 잡일, 막일 지게꾼인 초췌한 중년 사내들이 휘늘어진 그늘 아래서 달콤한 오수에 빠져드는 듯합니다. 냄새가 고약하게 나오는 그 염색 공장에서는 염색 작업으로 분주하고요. 알음알음 모집한, 향수병을 앓는 외지에서 온 주경야독 십대 여공이 많이 있는 방직공장에 인원이 늘어 공교롭게도 생산이 두 배로 늘었다더군요. 하청을 받아 구슬을 꿰는 가내 수공업과 가발 공장도 덩달아 매상이 최고조에 달해 기뻐합니

다. 긴 고무줄을 춤에 꽂아 몇 발 늘어뜨리고 파는 고무줄 장수도,

지게에 옹기 몇 개를 새끼줄로 얽어 팔러 나가는 사람도 보입니다.

구석에 숨듯 뒤돌아가는 샛길. 코스모스와 휘어져라 열려 쫙 깔

려 있는 수십 그루 단감 밭에는 고픈 배를 채워 줄 말랑말랑해진

감들이 가득합니다. 딴 일 하는 눈을 피해 감서리 하다 들켜, "떼끼,

이놈들!" 하고 신문관처럼 꼬치꼬치 다그치듯 묻고 꿀밤에 잔소리

가 늘어지니 낄낄거리다가, 우겨 봤자 더 이상 곧이들을 사람이 없

는지라 정신이 번쩍 드는 듯, 망보던 애들과 뒤늦게 튀는 날쌘돌이

들도 있습니다.

소학교도 못 다닌, 정규 교육을 받지 못해 문맹이 된 데 질려서

자식 교육 우골탑에 바칠 애지중지 기른, 가축을 뛰어 넘어 한 식구

나 매한가지인 암소가 난 송아지부터 중소 때 소태 가지로 코를 뚫

어 코뚜레를 꿰어 키우던 소를 팔았지요. 그 소 판 돈을 대차게 지

키려다 단순 무식한 노상강도가 아닌, 백정보다 더한 칼잡이로부터

우박처럼 쏟아지는 몰매에 강편치를 날려 다 털리고, 멍 자국, 칼 자

국투성이인 사람이 사경을 헤매기도 했습니다.

마수걸이도 못 하고 한나절을 공쳤다며, 이러다간 깡통 차겠다고

쌀자루를 메고 장광설로 여태 장터를 분주하게 팔러 돌아다니는

사람. 정숙한 장안의 양갓집, 대갓집 마님이 탄 가마가 아닌, 지그시

다문 입술이 아리따워 보이는 새 각시가 탄 꽃가마를 멘 가마꾼들이 뚫린 큰길로 지나가고, 바로 뒤에서는 "시발, 택시 타고 시집가네. 좀 있는 집인개 벼." 합니다.

흰 페인트를 칠한 외관에 주황색 목욕탕 글씨가 선명하게 보이는 '목깐통'으로 묵은 때를 벗기는 목간을 하러, 슬리퍼에 가벼운 옷차림으로 들어가는 사람도 이따금씩 눈에 꽂혔습니다. 먹을 것이 태부족하던 때에 값싸고 양 많은 콧구멍만 한 팥 칼국수 집이 알싸한 겉저리에 바지락무침에, 오지랖 넓은 남편은 국수를 반죽해 곱빼기로 퍼주곤 해서, 허물없는 어엿한 단골손님들이 국물까지 싹! 가게 안은 북적북적했답니다.

곰곰이 아무리 뜯어보고 따져 봐도, 공통분모라고는 찾아볼 수 없는 고수 반열에 오른 두 제화공이 먹여 주고 재워 주고 구두 기술까지 가르쳐 준 주인에게서 독립하여, 삐걱거림 없이 배짱이 잘 맞아 귀퉁이 좁은 구석 세 평도 채 안 되는 구둣방에 구두 작업장을 차려 놓고 지어 팔아 인기가 좋았지요. 염료 도매상도 보이고, 가방 만드는 회사에서는 사람을 모으고, 문방구도 들어서내 벼. 공책, 지우개, 연필깎이, 크레파스, 연필, 학용품들로 앞을 가로막으니 말이에요.

다소 옹색한 틈바구니에 낀 빠끔히 열린 커피다방에서는 형편이 좀 나은 집에서만 쓰는 일본 산 곤로를 깔고 앉은 커피 내리는 놋쇠 주전자에서 물이 끓고 있었지요. 스테인리스에 데우는 커피 잔도 물이 팔팔 뜨겁고, 갈탄을 때는 무쇠난로도 불이 활활 타올랐습니다. 찰찰 긴 머리채를 땋아 올린 마담은 슬슬 농담을 시작하며 죽마고우이자 단짝이던, 백수는 아닌 바지 사장들에게 잣, 호두, 대추, 노른자 동동 띄운 쌍화차를 능숙하게 타서 건네곤 했지요. 친모가 죽어 걸뱅이 앵벌이를 하다가, 언문을 못 깨친 무학이지만 하루하루 꿈을 키워 가는 애 티가 나는 천생 소년들. 그들이 천연덕스럽게 구두 통을 들고 큰소리 땅땅 치는 손님들에게 익살맞은 태평함으로 건성건성 구두를 닦아 줄 줄 알았는데, 파리가 앉을 만큼 광을 낸 구두가 프로 뺨치는 실력이었습니다. 거뭇거뭇 열심히 구두를 닦고 있었죠.

미심쩍고 미덥지 않은 구석이 있었지만, 태워 준 곗돈을 유들유들 너스레를 떨며 높은 이자를 붙여 주겠다고 허장성세인 말 뻔새. 트릭에 넘어간 계원들을 봉으로 보고 월척을 낚은 잔머리꾼 악덕 계주가 젠장 할, 결국은 돈을 들고 튀어 모두가 허탄해서 땅바닥에 주저앉습니다. 저런 저런, 저따위로 틀려먹어서야, 미쳤군.

짧은 목에 어깨와 실한 등판이 견고해 산적 같고 육덕 같은 체격의 호색한 오입쟁이가 미싱 보조를 거친 미싱사에게 흑심을 품고 욕정에 사로잡혀, 사탕발림으로 꼬드겨 도망갔다고 하네요. "몇 년 전에도 그 짓거리 하더니, 그여, 사단이 났구먼. 음탕한 환향녀인개벼." 욕을 바가지로 해대는 입방아로 읍내가 시끌시끌합니다. 뒷말이 많고 소문이 파다하여 썩 개운하지가 않구먼.

국수 공장에는 샘물에 반죽해, 꾸덕하게 말라 가는 기계국수가 널어놓은 나무틀에 가닥가닥 길게 꽂혀 있었죠. 원기소 파는 약국도 보이고, 녹색 십자 선을 그려 넣은, 아버지가 운영하는 병원에는 병치레를 달고 사는지 병수발과 시중드는 뒤따라온 환자가 있었죠. 하얀색 가운을 걸친, 고도의 의술을 꿰찬 당시 폭넓은 인텔리요 당당한 명성의 아버지 의사와, 의사 면허를 따 수련을 거친 초짜 외아들 의사가 나이롱환자로 보이는지 요리조리 살펴봅니다.

낡은 유리문이 헐리기 직전인, 청춘을 바친 이발소에는 옹고집쟁이 옥이배기 이발사의 자식으로 태어난 이발 업자가 사람을 줄 세워 놓고 우리 귀에 익은 멜로디가 전선을 타고 들려오면, "한 곡 뽑을랑게." 하고는 대뜸 따라 부르다 삑사리가 나면, 두꺼운 안경 너머로 예리한 칼과 가위질로 바리깡을 들고 익숙한 솜씨로 우르르 머리를 깎아 주었지요. 또 누군가의 반가운 첫사랑 러브레터부터 버림 받아 상심에 젖은 애련한 실연 소식으로 들어찬 우체통 옆에는 나무꾼이 땔감나무 한 짐을 지고 와 근근이 꾸리며, 삑삑하고 그것도 새알심이까지 띄운 팥죽 한 그릇 받아 들고 허기를 달랩니다.

뒹굴뒹굴, 핑핑 정신 줄을 놓고 실성한 사람같이 머리는 산발을 하고, 반미치광이로 시부렁거리며 마구발방으로 호기와 객기를 부리는 놈들. 껌도 질겅질겅 씹고 비뚜름 걸음으로 수치감이나 부끄러움 없이 음식점마다 넉살좋게 떼거리로 쳐들어오더니, 닥치는 대로 무지막지한 흡입력과 무전취식으로 '먹튀' 하고 갈취하는 나부랭이 놈들. 무슨 배짱에 무일푼으로 먹어 대는지, 개똥같은 짓만 하는 사악한 놈들. 좀 얻어터져 봐야 속 차릴지, 경을 치면 속 차릴지요.

어지간히 지독하게 비루해 벙거지를 쓰고 주벽과 바람기로 식료품 집 드나들다 바깥살림을 차려, 뻘짓으로 얻은 자식 데리고 뭔가 쫓기듯 요짝조짝 방 돌리기에 바쁜 여인숙에서 얼씬도 못 하다가 망신스럽게 쫓겨나는 사람도 있었습니다. 전매특허 특유의 능청인 후려친 가격으로 칙칙한 양복지, 양장지 원단을 다량 '몰빵'인 싹쓸이를 해서, 웃돈을 여지없이 붙이는 상술로, 암튼 야비한 희대의 고등사기 전과자로 보였던 야누스적 능변가 아저씨도 얍삽하게 서 있어 족히 육십은 돼 보이는 도사님 같은데요. 야, 그렇게만 살아 봐라. 뭐 염치가 있어야지, 속을 홀라당 열불 나게 뒤집고 부화를 돋우고 그런담?

옛날에는 짚신, 갖신, 미투리, 나막신 골목이 약전 골목으로 장판이 벌어지고, 모조품이 아닌 죽세공이 끓는 물에 삶고 말린 소쿠리 대바구니, 인동초 넝쿨로 만든 채반을 연차가 쌓인, 또한 새내기 풋내기 행상 아저씨들이 떠다가는, 방랑기 많은 풍류객처럼 전국을 떠돌아다니며 팔고, 그러다 만나면 도로 구석에서 동지로서의 관계를 과시하곤 했지요. 식모살이 끝으로 한 알 박 두 알 박, 한 잎씩 한 잎씩 땅콩을 파는 하루살이였으면서도, 힘들게 다진 기반이 바탕이 되어 다 말아먹은 점포를 자기만의 가게를 내고 부를 꽃피운 강철 같은 아주머니도 모든 고생을 보상 받은 듯 승자의 여유로 오만 회한에 젖어 있어요.

불어 오르는 동글납작한 빵쟁이 고수가 차렸다는 제과점도 있었죠. 기진맥진 포화상태의 과부하 걸린 파장엔 돼지껍데기 두어 점으로 하루의 피로를 푸는 아지트에는 급하게 돌아간 소주잔에 환하게 웃고 떠들고, 선술집에서는 노릇하게 구운 부침개와 무전, 빙떡 한 접시 놓고 양은사발로 막걸리를 돌리고 족발을 뜯는 사람도 있습니다. 우직한 농사 말고 달리 배운 게 있간디요? 예감이 안 좋더구먼. 김장거리 싣고 나온 배추, 무가 수확량이 넘쳐 똥값이 되었다고, 초보 딱지 떼고 농사꾼 틀이 잡혀 가는 듯 보이는데, 씨앗 값도 안 되겠다며 멋쩍게 웃어 당해보지 않은 사람은 모른당께요.

언제 들이닥칠지 모르는 사고에 노출돼 있어도, 바다에 미래를 건

아버지는 배를 부리고, 아들은 갓 잡아 올린 멸치를 삶아 물기와 김을 빼서 말린, 뿌옇게 빛이 나는 멸치를 싣고 와, 새로 조성된 상점에 겁나게 입주해 주판알을 굴리며 판매를 시작했지요. 부부금실이 좋았던, 전쟁 통 피난통 때부터 노점으로 돈을 벌어 이삼층 양옥을 올린 사람들. 장날 한 켠을 비집고 들어온 복잡하고 후미진 구석빼기에는, 노잣돈이라도 마련하겠다며 무쇠 압력통에 쌀을 넣고 돌려서 펑펑 튀기는, 차츰 대머리로 벗겨져 가는 듯한 뻥튀기 튀밥 아저씨. 일평생 셔터만 눌러 사진을 박는 사진관 앞에는 구멍 난 '난닝구'에 잘록한 왕골 모자를 눌러쓰고, 송글송글 콧등에 핀 소금 꽃을 여일 훔쳐 내면서도, 찌그러진 양은냄비, 양은 '바케스' 등 땜질할 일감이 많아 땜잡은, 신수가 훤해진 백발성성하고 뭉툭한 매부리코 할아버님.

땡전 한 푼 없이 들볶는 악극단을 떠돌다, 곱슬머리에 차림새가 우스운 여장남자가 북을 짊어지고 동동 '구루무'를 팔아 신기한 듯 파안대소를 합니다. 높은 산과 들이 키워 낸 산나물의 황제인 참나물, 머위, 고사리, 두릅, 곰취, 나생이, 달래, 씀바귀, 방풍, 원추리, 유채, 명이나물, 보리, 돌미나리, 곤드레, 더덕, 봄 한 소쿠리씩 여러 나물이 야적장에 깔려 있어요. 고소한 냄새가 진동하는 기름집에는 마냥 들들 볶아 댄 기름을 짜고 남은 껍데기 깻묵이 빈틈없이 올려져 있어. 심간이 편해 보였던 후덕하게 생긴 기름집 아주머님.

빠듯한 종잣돈으로 구입한 몰고 온 '그믈도락구'(트럭) 에 쌓아 놓은, 딱히 구경만 해도 달콤해 보이는 색상이 요상한 주전부리 뭉치들. 철사를 동여맨 게 내용물이 수상한, 머리에 인 동이 파내기에는 무엇에 쓰는 물건인고. 뭐땀시 숨 가쁘게 뒷골목을 빠져나가는 사람도 있습니다. 겉모습은 팔팔한 앳된 똘마니 품새가 껌팔이도 하며 갖갖이 궂은 일로 곰삭은 애늙은이 목소리로 '아이스케키'를 외치며 날일, 날품삯을 벌어, 꼬박꼬박 집으로 돈도 부치던 아이. 애닯지 않은 조숙함이 될성부른 그놈 머리에는 버짐이 하얗게 펴 만죽 걸 생각조차 하지 않으니 물건은 물건이구먼.

먹거리, 입을 거리인 뽕나무를 재배해 누에고치를 양잠하고 난, 담백한 번데기가 쭈글쭈글 때 낀 양푼에 담겨 있어 모양새가 영 개운치 않은 듯했지요. 머리가 희끗희끗한 노구에 단봇짐 옷 보퉁이 넣어 둘 비키니장 끌고, 가는 곳마다 밉보여 박대를 받으며 싸구려 여관을 전전하는 노인. 시장 귀퉁이 언덕발치에는 무슨 사연이 많은지, 소반에 정한수 맑은 물 떠다 놓고 두 손 모아 지성스럽게 치성을 비는 사람도 있었습니다. 장터 뒤 갓 바른 비탈에는 심심하면 '매에' 하고 방목으로 길들여진 토종 흑염소들이 지근에서 새끼까지 데리고 나와 길을 잃고 헤매다, 제 발로 찾아온 방정 떠는 야생노루,

고라니들, 눈썰미 좋은 산양들이, 울음소리로 동료를 부르는 사슴들이, 풀을 일기죽일기죽 씹어 댑니다.

갓길에 밀려나 노련하게 흩 일 원 이 원 하는 코흘리개의 코 묻은 잔돈푼이지만, 건성건성 허투로 하는 법 없이 최선을 다하던 솜사탕 할아버지, 수지타산은 뒷전이어서 겨우겨우 살아가는 영락없는 노파가 노익장을 과시합니다. 외길 참닥을 삶아 외발뜨기 한 견고한 섬유조직, 가겹디 가벼운, 99번 거친다는 한지와 도배용 벽지가 나열해 있는 지물포도 있고요. 안경점에는 도수가 점점 높아진 안경부터 낮아지는 안경까지 거기에다 돋보기도 갖추어져 있지요. 하도 웅성웅성해서 귀 기울여 보니, 뭐라 카드라, 저기 저 똑 부러지게 생긴, 베레모를 쓰고 잔뜩 모양 낸 학식도 대단한 저분, 이분이 비밀 댄스홀을 차려 놓고 점잖치 못한 춤을 가르치는 선생이랴. 그려, 아이구, 그렇구먼. 남녀가 엉겨 붙어 뱅글뱅글 추는 양춤인지 뭔지, 순간 황홀경에 빠진 아지매들 홀딱 빠져들어 난리부르스가 나겠네. 시시콜콜 시답잖은 얘기들로 이러쿵저러쿵합니다.

뜨거운 이슈는 자유분방한 청춘남녀들이 흘러내린 긴 머리카락에 컬러풀한 의상을 입고, 신식 연애를 하며 양식을 먹고, 당구장, 흔들어 대며 추는 고고장을 들락거렸지요. 연기 자욱한 음악다방에서는 절대음감에 매끄러운 말솜씨로 설레게 했던 인기쟁이 DJ가

유성기 엘피판에 바늘을 올려놓고, 돌아가며 신청곡을 틀어 주었지요. 기타를 치며 하모니카를 부는 껄렁껄렁하고 야한 헐렁한 의상에 좀 노는, 원정 온 도회지 서울내기 총각도, 젊은 남녀도 밤이 기울도록 놀고요.

본드 냄새 풍기며 구두창 굽도 갈고 밑창도 덧대는 수선 집. 옆 번지도 없이 고만고만한 선짓국밥집에서는 망가진 철물을 마법처럼 다루어 금방 멀쩡해지는 대장간에 들러 낫자루, 호밋자루, 곡괭이자루 등, 두메에서 농기구 구입하러 나온 시장기 느낀 농부들에게 해장거리로 김이 솔솔 솟는 가마솥에서 큼지막한 국자로 듬뿍 덜어 걸걸한 입담까지 말아 주는 입소문 탄 통 큰 토박이도 있었어요. "임자, 이봐, 할멈, 누구 왔는개벼." "있잖아유, 큰 고깃배를 가진 새우 잡이 20년 한, 때가 안 탄 맘 좋은 선주가 그물에 포위된 새우를 잡는 즉시 소금에 버무려 담근 새우젓이라고 여비까지 준대나." 참 별걸 실없이 얘기하는 수더분한 올챙이 할매 젓갈가게에 사람들이 우르르 몰려들었습니다.

동네방네 쌍 나팔을 불며 전국 칠일장을 유랑하는 시장 한 공터에 때똑하게 자리 잡은 서커스 곡마단패에서는, 지루할 틈이 없이 천 쪼가리로 기운 옷을 걸친 기골이 우스꽝스런 광대와 외발 자전거와 외줄을 타 알아주는 재주꾼 곡예사의 묘기를 볼 수 있었지요.

서커스의 하이라이트인 공중그네뛰기. 턱수염이 덥수룩한 퇴물 희극인의 찧고 까불어 대는 입담 대결로 친숙하게 더 다가오고, 만담꾼들은 만담에 재담을 늘어놓았지요. 원근 각지에서 담뱃잎을 썰어 넣은 봉초 곰방대를 들고 "에-헴!" 하며 긴 수염을 쓰다듬는 노인네들이 몰려와, 표 값이 만만치 않아 근근이 모아 꼬깃꼬깃 쪼갠 쌈짓돈을 추렴해 거의 만석에서 느긋이 구경을 하고 있습니다. 광목으로 친친 둘러친 주위에는 완벽한 어깨로 힘깨나 쓰게 생긴 험상궂은 건장한 청년들이 감투를 쓴 완장을 두른 채 곤봉을 휘두르며 빙빙 순찰을 돌아. 개구멍으로 전격 기습할 때를 기다려 꾸물대던 남루한 옷차림의 떠꺼머리총각들이 지레 겁을 먹고 삼십육계 줄행랑을 치고, 나이가 지긋해 보이는 중절모에 나비넥타이로 멋을 부린, 풍채가 좋아 보이는 호걸 인상의 풍각쟁이. 밴드로 격식을 갖춘 호리호리한 거리의 악사는 연거푸 들어오는 장꾼들을 아코디언 건반을 조이고 풀어 불러 모읍니다.

맨 망태기에는 노점상에서 파는 손주들 눈깔사탕 꼴랑 한 봉 사들고, 종일 죽치고 앉아 젓가락 장단에 술판을 벌이던 낡고 작은 오두막 대폿집. 나물국에 술을 내와 먹고 가는 보부상들과 한양을 오가던 선비들이 잠시 들러 객고를 풀고 가는 곳. 마지막 주막집에는 텁텁한 말술로 깡소주까지 병나발을 불어, 알딸딸 취기가 올라

성가시게 구는 기이한 행동에 매가리 없는 고주망태. 입에는 항상 욕설로 갑론을박, 귀동냥으로 들은 개코쥐코 거들다 비척비척 싸움질을 합니다. 그러다 삼색 고명을 얌전히 얹은 떡국을 나르는 교자상에 전 부칠 파를 다듬던 뿔난 주모의 삶터를 뒤엎고, 드잡이로 끝판 나는 술독에 빠진 요지경 속 주책바가지 술꾼들도 있었지요.

인기척도 사라진 찾기 힘든 외진 자리, 바람막이도 없이 왕초인 대추 보따리를 펼치고 앉아 손님 기다리기에 애가 타다, 지루해지면 끄덕끄덕 고갯방아 찧고 있는 할머니도. 상가가 형성된 곳의 골동품 다루는 곳에는 여윳돈으로 토산품인 고아한 전통 옻칠 공예, 귀족들의 전유물인 나전장이 피워 내는 기술, 나전칠기 자개 공예품, 병풍, 도공이 물레질하고 옥과 씨름한 옥공예까지도 안목을 가진 모던한 노대가, 노신사가 애장품인지 향유물인지, 만사제치고 달려와 사 나르기도 합니다. 으뜸 작품은 아니지만 오색 한지로 만든 지승 공예품도, 창호 공예도 있어요. 장롱, 문갑, 침대, 탁자, 화장대, 경대, 반닫이, 찬장, 고가구를 파는 가게도 있고, 제법 강렬한 원색, 즉 빨강, 노랑, 초록의 양산이나 우산도 팔지요.

새벽 인력시장이 생겨 노가다를 뛰는 인부들에게 백반집 주인은 흰 쌀밥을 누구 눈치 보지 말고 퍼서 먹으라고 주걱을 내주어 싫지 않은 기색들이었습니다. 건물이라도 들어설라치면 단정한 이발사가 있는 이발소도 쭈뼛쭈뼛 생겨나고 농약사도 보이지요. 2층에 슬라브 통유리 창을 내어 세간이 훤히 들여다보이는, 요리사까지 갖춘 고급 요릿집에 계모임이 있는지, 고가의 명품 핸드백과 구두, 값비싼 옷을 걸친 멋쟁이 유한마담 부인들이 시간을 내어 즐겁게 보내곤 했지요. 아무리 따져 봐도 거리낌 없이 쓰는 럭셔리 파티 일류급들입니다.

소리를 할 줄 아는 기생과 절세미녀들이 즐비한, 번들번들한 조명이 있는 요정에 애주가로 유명한 사람들이 흥청망청 취해 있어요. 약재의 무게를 주먹구구가 아니라 정확하게 달아 한지에 싸서 주는, 아픈 부위에 침을 찔러 혈맥과 기혈이 통하게 하는 한의원도 띄엄띄엄 보입니다. 천편일률 기성복이 아닌, 재단사가 줄자로 몸 치수에 맞춰 줄질해 디자인한 말쑥한 맞춤복. 양복과 외투, 투피스를 주문받는 양복점과 양장점이 있었죠. 후에는 여성복, 남성복, 기성복이 나와 지금은 양복점 양장점은 쇠퇴의 사양길로 들었죠.

나무계단 삐걱대는 위층에서 고급 가죽을 뚝뚝 잘라 재단해 팔던, 무두장이 남편이 삼고초려 끝에 보쌈하다시피 데려온 반반한 울 집 사람 덕택으로, 가죽을 발판삼아 빵빵한 건물을 짓고 기다란 상가까지 분양받아 숙원을 남보다 일찍 풀어 챔피언이 되었다고, 얼마나 큰소리로 고마운 존재라고 자랑을 하니, "참 갑갑하네요. 이만큼 먹고 살 수 있게 된 건 다 내 덕은 내 덕이지. 스타일 구기는 소리 그만하고 그냥 암말 말고 있슈. 입에 풀칠할 때가 엊그제 였는 테." 하며 퉁박을 줍니다.

양말 공장에서 고루고루 염색하여 만든 양말들을 떼어다 낱개로 팔았죠. 디딜방아, 연자방아, 물레방아, 거친 첫 문명 단계인 정미기, 보리 정맥기, 일꾼까지 갖춰 놓은 대형 방앗간도 있고, 쉴 새 없이 뽑아내는 가래떡에, 술빵에, 인절미에, 온기가 남아 있는 떡집도 있습니다. 쌍과부 집이 간이식당을 열어 흔해진 물자로 떡 하니 한상 잘 차려서 먹고 가곤 했습니다. 도제 수련공이 명장이 되어 공방 한 쪽에서 귀중한 금 원석 들을, 모양을 잡고 때 빼고 광을 내, 금목걸이, 금팔찌, 금반지, 금귀고리들, 다이아몬드까지. 뾰족구두를 신은 이지적인 최고들이나 소유할 수 있는, 귀금속이 진열대에 쫙 나열해 있었답니다.

요소요소마다 하루가 다르게 큰 가방에 넥타이 맨 미용재료 세일즈맨들이 미용도구를 챙겨 미용실마다 들르고, 여러 집 걸러 자동차 정비소도 속속 몇 개로 늘어났어요. 상종가를 치고 있는 세련된 마트 구색을 갖춘 저장식품가게엔 물렁한 도토리묵, 청포묵, 햄, 마요네즈, 케첩 같은 것들이 깔끔하게 진열돼 있고요. 번화가에 건축물도 상점가도 점점 늘어나 에너지가 넘쳐나고, 운동에 능해 고급스러운 여가 활동을 하는 사람도 생겨났지요.

일몰 직전 석양도 어둑어둑 장골 아래로 흩어지니, 당일치기라 조급해서 팔다 남은 물건들을 헐값에 싸게 떨이하고, 물물교환을 하는 장사꾼들도 그곳은 온 가족의 생계 터. 오로지 밥벌이로 생업에 매달려야 하는 들창코 엿장수. 찰그락찰그락 대충 깨엿가락을 잘라도 자에 잰 듯 길이가 딱딱 떨어지고, 엿판 두들기는 후끈해진 왕가위 소리로 고철과 돈도 차오릅니다. 한편에서는 소매를 끌어당겨, 눈과 귀를 홀려 귀찮게 붙드는 솔깃한 호객 소리와 흥정 소리도, 음침한 눈으로 헛물만 켰던 외간 여인들을 흘겨보고 훔쳐보는 능글맞은 진상 손님들의 횡포도 있었죠. 넘치는 흥으로 한 자락 노랫가락도 들을 수 있었던 옛 분들도 생각납니다. 만병통치약이라고 허여멀겋게 생긴 돌팔이 약장수가 바가지 상술로 노인을 등치기도 하던. 먹거리 볼거리 신기한 눈요기로 없는 것 빼고는 다 살 수 있어 어린이도, 양복을 입은 신사도, 양반도, 서민도 과객인 서울깍쟁이도, 돈 없는 사람부터 부자까지 장바구니에 무엇이든 얻어가는 노골적인 개평꾼, 쪼잔한 객꾼도, 도떼기 쑤셔 놓은 듯 아수라장 같아도, 너나 할 것 없이 금방 말동무가 된 팔랑귀 놀이꾼들도, 눈이 호사하며 구경하는 재미로 이것 참, 나오길 잘했네, 하곤 들 했습니다.

조상대대로 이어와 옛것과 새것이 공존하는 천태만상 풍경이었던 시장은 하루 종일 북새통이었죠. 저녁이 되면 풀어 놓았던 보따리마다 꾸릴 채비를 해, 짐을 싸서 땅거미가 지기 전에 각자 가정으로 뿔뿔이 흩어져 발길이 뚝 끊어지고, 장마당이 텅텅 비어 가면, 밤이 되면서 철길 건널목지기와 시골 역장만 남겨 둔 숱한 역과 무인역 레일을 밟은 쿨렁쿨렁 짐칸에 석탄을 싣고 밤낮 울어대는 기적소리만 가물가물 들려왔던 칠일장이었습니다.

4 모래성

무심코 지나쳤던 청록빛 꽃들

함박꽃 같은 양 볼에 사랑의 열정을 심어 준 그 사람

내 전부인 그를 통해 애틋한 감정을 키워

처음 애타게 흠모했던 그 사람

떠나간 지 어언 17년이란 해가 흐르고 흘러,

다가가면 갈수록 멀어지는 신기루가 되어 잡을 수도 없는.

어느 날 느닷없이 찾아온 불행,

어미 품에서 떨어져 울부짖는 새끼처럼

이리저리 둘러봐도 거센 저항에 결박되고 말아

모든 것들이 잔인한 폭풍이 짓이겨 으깨지는 모래성으로

붙잡을 시간도 주지 않은 채 맥없이 무너지고,

이상과 꿈을 상실한 처절한 패배자인가,

이것이 나의 숙명일까.

 거울

거울 속에 비친 나는 누구인가.

거부할 수 없기에 꼭 빼닮아 바라보고 있을까.

가빠 오는 갈피에서 평탄하지 않게 살아야 했던

모름지기 생이란 난마처럼,

어지럽게 헝클어진 실타래처럼,

등 넝쿨처럼 얽혀 쉽게 풀리지 않는

그래도 깔끔하게 풀어내야 하는 법칙인가.

모든 용트림을 뚫고 난 이런 인연도

깊이깊이 온몸으로 간직하며

한 뼘 한 뼘 승리의 주춧돌을 올차게 쌓아 가리.

⑥ 첫눈

볼록볼록 밤사이 눈의 나라를 선물로 주던 날,

아렸던 상처, 진통이 깊었던 실패자 자국은 기어코 걷어 내야지.

내면 깊숙이 덧나기 쉬운 환부를 과감히 도려내어

뒤안길로 사라져 딱지가 생기니

곧 승리의 환호를 외칠 때가….

17 따리

집요하게 쓸려 파인 생채기가

곪아 짓물러 터져 쓰라림이 덧난 채

얼마를 더 징징대며 입자가 남김없이 분해돼야

얼마를 더 똬리 틀고 있던 십 수 년이 잘게 분해되어야

얼마를 더 찌꺼기가 만든 고갱이가 고름으로 쏙 완전히 빠져야 할까.

8 12월

   하나 둘 물든 겉잎 속잎까지 봄이 오면 새 순을 위해 임무 교대로 줄을 잇고 세상과 작별하고

   하늘에서는 눈이 된 결정체들이 작은 알갱이로 부스러진 탓일까.

   뽀드득 뽀드득 싸라기눈이 홀린 듯 내려

   어디라도 훨훨 정처 없이 날아가 보았으면.

   반짝이 금빛 꼬마전구로 몸을 두른 성탄 트리에서는

   캐럴이 따뜻한 불빛에 울려 스며들고

   빨간 냄비에 산타를 끌어 모으는

   구세군의 종소리도 땡그랑 땡그랑

   불야성을 이룬 번잡했던 세밑 세모에 달음박질만 해 숨을 참지 못했던 한 해를 돌아보고

   허둥지둥 숨 한 모금 고를 새도 없이 부산한 종종걸음으로 헐떡이며

멀게 보이기만 했던 대로를 벗어나

이제야 휴우, 안도의 발을 디디고 서 있고.

9 운명

씨줄과 날줄로 교묘히 엮인 멍에를 쓰고 벼랑 끝 덫에 갇혀

벗어나고픈 족쇄의 올무가 여러 갈래로 옥죄어 오고 또 죄어 오고,

일생길이 어찌 비단길만 깔렸으랴.

생을 걷다 보면 여기저기 뜬구름에 부딪쳐

고꾸라져 벌렁 나자빠져도

긴 사슬로 연결된 연결 고리를 끊어 굴레의 수렁을 정복해야지.

친친 씌운 올가미에 저당 잡혀 던질 수 없는

타고난 짐 꾸러기를 비켜 가려면

누가 가져다주는 것도, 거저 얻어지는 것도 아니라,

헝클어진 것들, 옭매었던 것들을 풀어

보다 큰 틀에서 자신만의 새 길을 만들고

한 발 두 발 계단을 밟아 멋진 승리자로 거듭나야지.

10 삶

인간에게 허용되거나 부과된 희망과 절망의 정해진 몫의 비율은?

행복과 불행의 정해진 몫의 비율은?

인생이란 고통과 시련이 빙글빙글 돌고 도는

수레바퀴 순환 속에서 정녕코 벗어날 수 없는 유한한 것일까.

얼마만큼 해지고 해져야

얼마만큼 산통을 치러 내야

얼마만큼 혹독한 절망 속에서 담금질을 해야

얼마만큼 생존의 용광로에서 제련과 단련을 해야 하는가.

필시 시련 끝에는 희망이 기다리고 있을까.

오늘도 천근만근 가라앉는 고단함이 산더미로 무너져 가늠해 본다.

왜 노곤한 육신은 천 길 낭떠러지로 떨어지는 듯

망신창이 피곤 죽이 되어 갈까.

들꽃

드센 볕이 겅중겅중 내려앉는 산머리에

오종종 요염하게 무리지어 앙증맞게 피어 있구나.

분노한 뙤약볕에서 물러설 기색도 없이

별 충돌도 없이

오물오물 말려 있던 몽우리를 시샘하며 펑펑 펼쳐 내어

어쩌면 티끌 하나 없는 것이 그렇게도 고울까.

나날이 깊어지는 자색에 그만 취해 버렸다네.

숨죽인 겨울에는 곧 돌아올 봄을 위해 언 땅속에 곤히 잠들고

촉촉한 봄 망울 소리가 살살 구르며 흔들어 깨우면,

땅을 밀고 졸음이 깨지 않는 눈을 비비며 일어나

여름에 동트는 사이 말똥말똥 커버려

뭉텅이로 퍼져 발그레 덮어 주니

잠시 잃었던 희망도 의욕도

한 움큼 한 움큼 숫곤 한다네.

12 어머니와 장날

번다한 것들에 찌들어 팍팍해질 때면, 잡동사니 만물이 아무렇게
나 널브러져 있는 너절한 저잣거리로 떠나 보자.

가식 없는 멋과 맛이 살아 있는 그곳.

정갈하게 빗질하여 가르마를 타고 비녀를 꽂은 쪽진 머리에, 옥양
목 고쟁이 단속곳 단정하게 받쳐 입고 읍내 나갈 준비를 끝낸 어머
니 치맛자락을 쥔 채, 단연 선두인 꼭두새벽 댓바람을 맞으며 달려
가는 이십 리 거리. 재 넘고 동동 띄운 작은 목선, 검게 탄 뱃사공
의 뱃놀이에 뱃삯(일 년에 쌀 한 말, 옥수수 한 말)을 물고 혹시 뒤
집히지 않을까 걱정하고, 다리를 건너고 쫄랑쫄랑 따라 나서던 장
날. 일찍이 열어젖힌 입구에는 입이 떡 벌어지게 진열된 아기자기한
별난 것들에 금방 눈이 휘둥그레지고.

부랴부랴 엄마를 조르고 졸라 장터를 오며 가며 눈여겨 봐뒀던
것들. 성화에 못 이겨 꽃그림 치마, 꽃그림 블라우스, 꽃그림 원피스.

색깔별로 산 선물 꾸러미 한 아름 사 안고 올 때면 풍선처럼 붕 떠서, 모든 게 내 것인 양 흥분의 도가니 속에 있었지. 티격태격, 까르르, 친구들마다 쏙쏙 고른 옷가지 펴들고 자랑할라치면, 괜히 으쓱으쓱, 우쭐우쭐. 포장지가 밝은 새 옷을 장만해 수지맞고 호사를 누리던 그 날의 향수를 더듬어 보곤 할 때면, 새삼 코끝이 시큰거려. 이리저리 끌려 다녀 속사가 따분해질 때면, 봇짐만 달랑 두르고 바쁘게 오가는 저잣거리로 발길을 돌려 보자.

변함없이 인심과 인정이 오가는 곳.

작고 허름한 뒷골목. 울도 칸막이도 대문도 아예 툭 터놓고 맛난 먹을거리로 엮은 그곳에서는 싸고 맛있는, 혹할 만큼 맛깔 나는 것들이 사정없이 콧속으로 들어와 후각을 자극해, 군침이 돌아 눈짐작으로 간 맞춘 장국밥 한 그릇 시키면, 밥 한 주걱 국수 한 덩이 더 얹어 주시던, 더없이 대모 품인 주인아주머니.

유난스럽게도 잡다한 것들이 긴 기럭지로 늘어서 있던 시골 장터는 오랜 세월 지켜온 지킴이가 있어 유년시절이 더 길게 남는 것이 아닐까?

12 빈자리

안 돼, 제발 가지 마. 제발 가지 마. 지금 가면 영영 돌아올 수 없
는 길인데. 마지막 이별인 줄 왜 몰라.

그까짓 흰 너울이 뭐야, 뭐가 대수기에 걸어 내지 못하고 있어?

평생을 그리움에 빠져 숱한 눈물을 빼놓을 걸 뻔히 알면서, 묵묵
부답으로 있지 말고 박차고 일어나, 일어나! 깨어나, 깨어나!

들리는가, 울부짖는 외침이, 애타게 절규하는 외침이.

정녕 안 들렸어?

지금은 어떠한지.

소식이 궁금할 즈음도 됐는데, 그토록 오래였으면서 영 기별은 없고,

자기 떠난 큰 빈자리 누가 대신하고,

이 험한 세월 어떻게 보내라고.

탄생의 신비. 뱃속에 열 달을 품은 첫 핏덩이 첫 울음을 터트리며

나와, 눈도 못 뜬 채 고갯짓을 하다가, 지극한 정성으로 끓인 첫 국밥 산국을 먹은 젖을 물리면, 이내 젖가슴에서 스르륵 새근새근 배냇짓하던 젖먹이가, 낯가림에 옹알이를 하던 아이. 콧물이 나고 하품을 하고, 배밀이에 금방 기어 다니고, 떠먹여 주면 오물거리는 작은 입으로 이유식을 얌전히 받아먹던, 어부바 하면, 배시시 뽀송뽀송한 피부로 웃음을 띠고, 등에 냉큼 업혀 몇 번을 봐도 더욱 신기했던 아이.

잠이 오는지 괜한 투정을 부려 토끼 그림 새 이불에 간신히 재우고 나면, 팔딱팔딱 토끼가 놀다 가고, 한 뼘 두 뼘 크는 꿈을 꾸었는지 외마디 울음소리, 깜짝 놀라 다가가면 방긋방긋 환히 웃던 아이.

백일에는 수수팥떡과 백설기를 해서 100집이 후하게 나눠 먹어야 장수한다는 말에 푸짐하게 만들어 모두 불러서 나누어 먹고, 도리도리 잼 잼, 걸음마 시작인 아장아장. 젖비린내 가서 겨우 한 마디씩 말문이 터진 첫돌 날. 첫돌을 맞이하던 돌쟁이. 돌에는 두 돌잡이가 다 돈을 집어 오만 생각에 흐뭇해했지. 갓 세 살배기 때도 말을 꽤 잘하던 아이가 세 살 지나 동생을 보았을 땐 밥빼기로 겁을 주었지. 네다섯 살 때는 온갖 필살기로 장난기 많은 미운 일곱 살. 총기가 뛰어나고 총명한 여덟 살. 초등학교 입학 때는 대견한 듯 바라보며 봉제사 책임질 맏상주라고 내심 기특해하더니.

이러자고, 이렇듯 홀로 남기려고,

기우가 아니었네.

어쨌거나 세상을 등진 돌아설 수 없는 사람을

후회도 원망도 괜한 억지일까 기만일까.

 ## 소생

구불구불하고 험난한 여로 어귀에서, 뿌리까지 송두리째 뽑힌 한
그루 나무가 육중한 바람에 어찌나 힘이 부쳤는지, 사력을 다해 저
항하느라 버둥거리며 퍼덕이던 몸뚱이에는 여기저기 피딱지가 아우
성이고.

한때 더부룩하게 키를 넘었던 진초록 잎사귀들 하나하나
끈덕지게 밀어붙이는 돌풍에 어디로 다 떨구어져 휩쓸렸을까.
애잔한 여운에 할 말을 잃고….

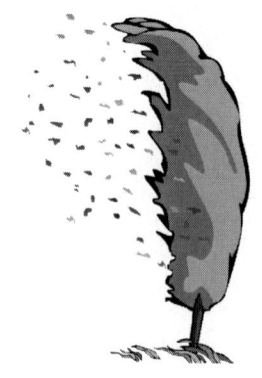

🖋 장미

가시로 둘러싼 덩굴장미가

온 힘을 모아 요 모양 조 모양 불꽃 모양으로 이글이글 타올라

이제 막 오월을 전해 와 안뜰엔 옷깃을 스칠 때마다

묘한 꽃 냄새를 한 마당 채우고 주변으로 흘러넘치니,

화끈화끈 빠-알간 두 뺨이 갑자기 얼얼.

여름을 서두르는 비가 그치고 나니

유달리 끓는 빛이 빨간 담장을 타고 은근슬쩍 월담을 해

온 동네방네 농염한 불길로 불사르고 있어.

최면에 걸린 듯 황홀한 전율이

전신을 헤어나지 못하게 하고 있고

여전히 찌를 듯 기교를 부리는 여진이 맘을 훔치고 붙잡아

달빛 아래 잠 못 이루는 밤이 되겠구먼.

16 오는 봄

몰래 새봄맞이에 들어가서일까.

갈 듯 갈 듯 하던 겨울이 미적미적 딴청으로

뾰로통해져 딴지를 걸고,

산등에 뒤처져 뭉그적거리던 은빛구름은 눈 덮인

고요한 아침을 휘둘러 안고 있어.

개구쟁이 철없을 때 새들도 옴짝달싹 못 하는 눈벌판을 뒤져

시퍼러둥둥 곱은 손과 발로 눈덩이를 굴리며 놀던 생각에

이 밀려가는 겨울이 자자해질 즈음,

비어 있는 저 뭍 끝에서 일러주어

봄이 오는 소리가 희미하게 다가올 것이다.

저 멀리서 아물아물 기다리던 아지랑이도

찬바람 깨고 스멀스멀 풀려 나오고,

껍질 갓 벗은 버들강아지도

보송한 솜털이 삐죽삐죽 튀어나오고,

웅웅 잉잉 벌들은 멈출 줄 모르게 번지는 향기에 화답하며

다디단 이 꽃 저 꽃 수백 군데 분주하게 날아다니며 많은 꿀을 모아, 꽃을 탐하며 알짱거리는, 얼씬거리는 나비를 불러들여 꼬이게 하고 얻은 양식을 보관할 창고를 짓고 뭇 새들은 살랑살랑 마련한 굴참나무에서

매력 있는 짝을 찾아 부리로 쪼아 나뭇가지와 짚으로 단장한 방에 깃들어서 암수가 밀어를 나누어

어미 새는 알을 품고

가족을 이끄는 아빠 새는 먹이를 물어와 아들 딸 새끼를 보호하며 배불리 키우고 단잠을 청할 것이다.

겨울은 쉽사리 내키지 않는 듯 멈칫거리며 사색으로 어깃장을 놓고 있고

뭐가 이리도 삭막한 것이

산들산들 봄 불을 지피고 있는 것은 아닐까.

추억

저만치 앞서 얼음가루 잔향과 하양, 노랑, 분홍을 섞은 냄새로

매일 퍼나르며 봄이 오고 있어요.

기지개를 켠 봄이 속삭이듯 보듬어

장관을 펼치던 물든 노을빛도

두루두루 전신을 휘감아 도는

감미로웠던 잔상이, 잔영이 서성이다가

지나간 자리에는 그대로 추억만 뭉쳐져 있어

오늘도 전신을 따뜻이 감싸오는 그리움 흐뭇이 품어보며 되새겨

보지만,

이제도 저제도 맞물려 있는 것은

언젠가는 보내야 할 아롱진 그림자들.

🔶 이별

이별이 점점 다가와

서럽게도 행복의 끝머리인 줄도 까맣게 모른 채

닥쳐올 복병이 기다리고 있는 줄도 까마득히 모른 채

얼마나 의지하며 살았던가.

얼마나 해일을 막아 주는 방파제가 되어 주었던가.

떠나보내는 절차도 연습도 없이

경황없는 이별이 마지막이 될 줄이야.

운명이 뒤 바뀌어 서럽게 울었던 통곡 속의 절망.

그 무엇도 치유해 줄 수도, 합리화시킬 수도 없어.

더 이상 바라볼 수도, 되돌아오지도 못하겠지.

사각사각 바람소리에 피멍 든 상념만 아로새긴 채 덜컹 가버리면

나는 어쩌란 말인가, 어쩌란 말인가.

지금쯤 용서해 주마, 용서하고 싶지만, 절대 용서가 안 돼.

아냐, 진짜 용서 안 할 거야.

 벚꽃

봄볕 쬐며 기다리는 사이 톡톡 신호탄으로 보기 좋은

흐벅진 색감을 자랑하는

쥐락펴락 대단한 자연이 준, 도열해 늘어선 봄 벚꽃.

다듬어진 정교함이 눈길을 붙들어

폭발한 듯 북실북실 한꺼번에 헤벌쭉 부풀려진 꽃이

인색하게 훼방을 놓는 비와 다투며 저항하다 얼마 못 가

시들시들 사그라져 일순간 뚝뚝 지고 에워싼 향이 간데없을 때면

눈물이 핑글핑글 눈물 쏙 빼게 울고도 싶었고

열띤 탐구심에 진지하게 난상토론으로 밝은 앞날을 고민하며

푸른 꿈의 가닥도 잡아 상상의 날개를 날려도 보냈었다.

가만가만 든 봄기운을 내어주고 최고의 하모니를 빚어 낸 꽃이여,

그대는 그냥 버겁게 살아가는 사람들과

대화하며 영원한 수호천사가 되거라.

🏵 20 아버지 어머니

베, 광목만 끊어다 방망이로 다듬어 베적삼, 광목 치마저고리만 입고, 절절한 부정모정을 헌신적으로 푸시던 여필종부 살림꾼이었던 엄마, 아버지.

저 하늘나라에서 장난꾸러기 반항기로 못되게 굴던 순둥이가 아닌, 악동 막둥이 위해 끝없이 안타까워하고 계실 엄마 그리고 아버지.

야속하게도 병치레 한 번 없이 자싯물 한 번 안 적시고 외동처럼 고명처럼 금지옥엽으로 키웠는데,

두 분 걱정하지 마세요, 명절날 설빔인 때때꼬까옷 입고

빳빳한 세뱃돈 두둑이 챙기며

엄마 아버지 등에 업혀 응석부리던 철부지가 아니라

당차고 씩씩하고 의연하게 살아가고 있으니.

끊임없는 들 내음, 풀 내음 어우러진 개천 도랑을 막고, 우렁이, 다슬기, 피라미, 송사리, 빠가사리, 참게 떼가 영문도 모르고 어리둥절

잡혀 와도,

밀이랑 보리가 고랑 이랑에서 제법 발목을 간질이며 발뒤꿈치를
스쳐 지나가도,

장마 뒤 푸근한 숲길에 방울방울 맺힌 들풀만 보아도,

형형색색 오이꽃, 호박꽃, 완두콩꽃, 참깨꽃, 포슬포슬 자주꽃으로
밀집해 있는

원두막 주위를 한 마리 고추잠자리가 휘휘 선회하며 사뿐히 내려
앉아도,

양쪽으로 펼쳐진 미나리꽝에 미나리가 꽉 차도,

길쭉길쭉 아직 일러 보랏빛이 덜 난 가지가 모양새를 갖추며 태워
가도,

가을을 기다리는 솜사탕 구름이 못내 여름 끝을 맴돌아도,

무더위가 알차게 부려 놓은 논둑에 송편 속 총총 박힐 푸른 콩
꼬투리가 두툼해져도,

들일인 콩 섶을 뽑고 땀이 채 마르기도 전에 풀씨가 섞인 깨 고르
기 한창인 지긋한 연세의 농부를 보아도,

호리호리했던 고추 모에서 고춧대를 세워 빨간 첫물 고추가 뜰에
서 메케하게 말라 가도,

갓 캐어 찐 투실투실 속노란 고구마 냄새가 집안에 퍼져도,

털털거리는 경운기 이양기에 실한 벼 알이 어느 촌로 촌부에 의해
느릿느릿 실려가도,

마지막 나뭇잎이 한바탕 소란을 피우는 밤 마실에 모인 별들과
마주쳐도,

오래된 종탑이 있는 교회 일직 종지기, 새벽 탄일종이 뎅그렁 뎅그
렁 엄숙하게 울려 잠을 깨도,

너무 먼 나라로 가신 엄마 아버지 생각에 울보였던 나.

최고의 백을 잃었으니 눈물과는 작별을 고해야지.

울지 마라, 울지 마라. 힘 내거라, 힘 내거라. 억장이 무너지느니라,
억장이 무너지느니라. 엄마 아버지 내려다보시니까.

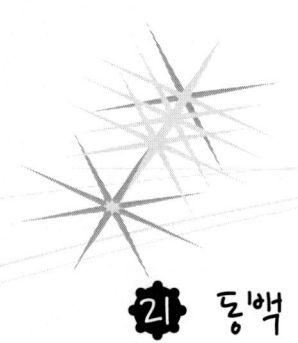

21 동백

고개중턱 오므린 꽃봉오리에서

긴 몸살 끝에 막 진붉은 향이 살짝 스칠 때면

꼭 돌아올 줄 알았는데,

갓 시집온 새악시처럼 마냥

상기되어 홍조 띤 민망함을 간직한 나는 어쩌랴.

한껏 오붓했는데

왜 잊지도, 잊을 수도 없으면서

평행선을 걷듯 서로 다른 길로 갈까.

이렇게 딴딴한 상처가 패일 줄 알았으면

붙잡고 애원할 걸.

콸콸 불태우던 동백 향이 무심히 질 때면

애틋한 해후가.

22 생과 사

내 나이 소녀티를 벗어 여드름투성이가 된 풋풋한 이십 대에

세련되고도 지적 엘리트였던 당신은 잊을 수 없는 첫 만남이었고,

만날수록 정분이 싹터 진득이 영글어 가는 감성을, 불붙는 정열

을 '올인' 하기에 충분했지.

크나큰 참돔, 농어, 우럭이 뛰놀던 에메랄드 빛 갈무리에

새들이 울어대는 무인도 같은 조용한 섬에서의 로맨틱했던 그날

밤, 밤새 파도소리를 들으며 심장 한 조각이 터질 듯 콩콩 벅차오르

는 감동들이었어.

지금까지도 어제 일인 양 설렘이 아린 밑그림으로 남아

그대랑 둘이 소중했던 시간들, 크고 작은 요란한 빛깔의 추억들.

더께더께 덧씌운 채로 남아 있을 거야.

보고파 나누어 끼었던 실반지를 끼고 먼 훗날 다시 찾은 바닷가

목 놓아 불렀던 그 이름.

맞파도 소리만 해류를 타고 먼발치 서 있는 등대로 흩어져 대답

없는 메아리로만 공허하게 뿌려 놓고

내내 든든한 보호자로만 곁에서 지켜 줄 줄 철석같이 믿었는데,

절벽으로 떠밀리어 한 순간에 뭉갤 줄이야.

절박했던 날들,

운명은 결정되어 버려 갈라 세운 길이 달라

지금도 휘청대는 감정들의 복잡함에서 벗어나지 못하고

얼마나 방대한 장벽이 가로막고 있기에

돌아오지 못하고 싸늘한 겨울을

생과 사 갈림길에서 따로따로 보내야 하는지.

27 새

　이 땅을 벗어나 가붓한 꽁지깃을 살짝 들어 올려 휘휘 원을 그리다 짙푸르게 그을린 창공을

　휘저으며 숨 가쁜 날갯짓으로 부유하는 새들은 이정표를 세워 놓고 비상하려는 것일까.

　대관절 뭉글뭉글한 저 높은 곳 무엇이 기다리고 있기에

　날개 접을 틈도 없이 힘찬 비행으로 필사적인 돌진을 하고 있을까.

　길잡이를 맡은 길라잡이 따라 세상 위에 군림하며 온몸으로 우직하게 밀고 나가는 것을 보면,

　분명 어딘가에 새들의 천국 파라다이스, 유토피아가 있을 게다,

　태곳적 신비인 신선한 맥 사이사이에.

24 아카시아

긴다간다, 어린 시절부터 끗발 날리던 그때로 거슬러 올라가,

먼지 쌓인 기억의 창고를 곰곰이 뒤적이면, 운 좋게도 부지런함을 타고난 부모님 그 은공 은덕으로 윤택하게 살며, 기다랗고 숨이 막혔던 골방에서 진득이 졸음과 싸워 잠을 줄여 가며, 책벌레로 책에 코를 박고 죽어라 읽어내려 가다가도, 도무지 골치 아픈 공식들에 떠밀려 팬시리 고리타분한 생각에 모여 노는 게 좋았던 빛나던 눈동자들,

월사금에서 꼬불쳐 둔 비자금을 각출해 까실한 밤공기에 풀 먹인 흰 블라우스 깃을 빳빳이 세운 채 재킷을 걸치고 판탈롱 바지에 머리칼을 날리며, 도도한 요조숙녀들 모두 불러 내 어깨동무하고 십팔 번을 부르면, 몰래 짝사랑하던 사람이 생각나기도 했지.

그 무렵 끈적끈적한 송진 냄새에 송홧가루 날리며 낙락장송을 이루면, 그림을 그린답시고 캔버스 물감에 팔레트를 앞에 두고 밑칠부터 차분히 그리기도.

터 앞 가장자리 예쁘게 가꾼 화단에는 뜰에 어울릴 씨를 받아다 옮겨 심은 채송화, 맨드라미, 쟁반만 한 해바라기, 국화, 눈에 익은 꽃나무를 거름 주고 물을 주어, 키 낮은 관상수까지 정원을 꾸미고 울 안팎을 장식을 해.

두레박으로 우물을 긷던, 언젠가 수동식 펌프로 바뀌어 버린 작은 안마당에는 넝쿨포도가 터널을 벌리고 가지가 휘어지도록 알 굵은 포도 알이 말랑말랑, 뒤곁에는 감나무.

곳곳에는 자투리땅이 밭 한 뙈기 폭으로 딸린 채마밭도 듬성듬성 터를 잡고 있어서, 철을 가리지 않고 묵히는 밭 없이 가족이 먹을 각종 푸성귀를 쏟아내고 살림살이에 오지게 한 몫을 해주어 늘 밥상에 올렸지.

집 오른쪽으로 고개를 돌리면 둘러쳐진 들큰한 아카시아가 활짝. 하얀 꽃눈이 거리를 점령하며 날려서 꽃 사태가 났고,

점점 흘러 들어오는 향내에 완전히 매료되어, 등 뒤 햇살을 기대고 미래에 부푼 쌍무지개도 나부껴 보며,

저 꼬불꼬불 동경해 온 산 너머에는 외로이 떠다니는 철새구름만 있을까, 많은 생명이 매달려 살고 있는 커다란 나무들만 도배질 하고 있을까.

한 주먹씩 뭉텅뭉텅 무더기로 핀 개나리, 찔레꽃, 수선화, 명자꽃,
우수에 찬 들어 보지도 못한 들꽃들만

무성하게 피어 주인 없는 온 산을 한들거리고 있을까.

올챙이, 다슬기, 붕어가 사는 실개천 밑바닥에는 정제된 물만 고
여 있을까.

속내를 알 수 없는 방죽에는 살 오른 쏘가리, 메기, 혐오감이 드
는 물뱀, 개구리, 파닥이는 가물치, 버들치, 미끌미끌 수염이 있는 미
꾸라지도 제 목숨들을 내어 주어야 할 낌새를 못 차리고 휘저으며
놀고 있을까.

사람 사는 흔적 용마루 밑 이엉을 튼 초막 초옥 글방에는

어느 선비가 글을 읽으며 도야를 기르기 위해 은거하고 있을까.

야릇한 생각을 내밀히 해보고….

꿈결

유독 생각나는 간절한 꿈 덕일까?

어젯밤 꿈결 사이로 이해해 주렴, 이해해 주렴. 몹시 미안해하며 총총 사라져 엉엉 울다 깨어 보니, 꿈인지 생시인지 착시 현상에 아파 오고 찢겨 오고….

꼭 붙들고 싶었던, 목메어 찾던 그 실체는 어디로 갔을까?

우주 어느 행성으로, 아니면 지구 한 바퀴 어디쯤…?

이름 없는 꽃들이 즐비하게 핀 산기슭에 풀썩 앉아 울먹이는 눈물 멈추질 않고, 새삼 알토란같은 날들이 주마등처럼 스쳐간다.

더 이상 보석 같은 날들을 붙잡지도, 힘들어하지도 말아야지.

이젠 놓아 줄 때까지 그리 오래 걸리지 않을 거야.

26 은행나무

무차별 변덕을 부리는 심술쟁이 앞에서는 살아 있는 화석도 어쩔 수 없나 보다.

시끄러운 가로수 곁 풍채 풍모와 기개를 거느리고 으스대던 몸 전체가 찬 비바람을 맞더니, 비실비실 누렇게 삭아 휘리릭 잎 다 떨어진 벌거벗은 나무들이 천변을 지키고 서 있으니…

앙상하게 말라 있던 겨울가지에 핀 눈송이만 길고 긴 호된 추위에 대항을 하곤… 잿빛 깡마른 맨몸은 꼬리에 꼬리를 물고 후리치며, 밀어닥칠 사나운 삭풍의 공격을 견뎌 내야 풀잎, 나뭇잎들 다시 연한 순이 나오는 그러는 사이 저마다 박차고 힘차게 늘어설 것이다.

27 뭉실 구름

자고 나온 여러 잡새가 모여 생기 넘치게 파득거리며 교감을 한다. 그런 새들을 바라보다 피식 웃는 뭉실 구름.

목청 크게 우짖는 선봉장 울음소리에 금방 토라져 영 달갑지 않은 듯,

야트막한 동산으로 살짝 내려와 잠들어

봄비만 텅 빈 하늘에서 가슴과 가슴으로 맺히고,

토막잠으로 누웠던 뭉실 구름이

산길 길머리 지키던 라일락 위에 걸터앉은 듯.

무릇 겨울이 끝나 봄으로

엷게 터질 기세를 한 라일락은

누굴 애석하게 오늘 올까 내일 올까,

부슬부슬 스치는 는개에 힘주고 있을까.

28 소낙비

또랑또랑 하늘에 시커먼 먹구름이 뜬금없이 엉켜 해를 밀어 내더니

쩌렁쩌렁 하늘에 시커먼 먹구름이 허둥대며 해를 숨기더니

제법 칼칼한 소낙비가 억수로 쏟아 붓네요.

지구를 찢는 뇌성이 지축을 포효하며

소낙비가 꽃대를 휘어지게 매를 치네요.

이 땅의 모든 아름다운 것들에게도

이 땅의 모든 추한 것들에게도

어두운 밤까지 매를 쳐 하얀 밤이 되려나 봐요.

29 딸기

흩뿌리는 비로 한 고비 넘긴 카-랑한 봄날,

세수로 헹군 말간 씨알이 똘망똘망 속살을 드러내

새큰거리는 침을 바르면 꼴깍꼴깍 군침을 돌게 하고

봄의 요정인가 봐.

저문 저녁부터 반지르르르 윤이 나더니

온 천연 향을 쫙 빨아 들이킨 듯

팡팡 솟는 활력을 분출하고

강한 전류처럼 몸속으로 당기는 달달함이

영락없는 열매의 요정인가 봐.

눈 향기

눈이 무덕져 은빛설국 일 때면 눈을 제치고

오순도순 자란 친정 나들이를 앞서거니 뒤서거니 가고 있고,

축제처럼 줄창 내린 눈은 신기하고도

착한 심성을 갖게 했지.

퍼렇게 언 볼에 전신이 빨갛게 얼어 가서 오돌오돌 발끝이 아려

까치발로 뛰고, 혼쭐이 나도 끄떡 않고

아무도 없는 한데서 눈밭을 신나게 뛰어 다니는 황구새끼, 털북숭

이 땅강아지와 밤새 요지부동 동리를 지키고 있을 파수꾼

배가 불룩한 어른 눈사람, 키다리 눈사람 꾹꾹 눌러 뭉치다 보면

투명한 수정 고드름이 추녀 끝에 넙죽 내밀어 간당간당,

그 걸작이 무척 흥미로웠던 시절

청회색으로 무수히 퍼져 나간 눈이 길을 파묻고 모든 경계를 허

물어 우아하게만 보일 때면,

멀리 눈 잠긴 신작로길 바라보며 눈보라 뚫고

반가운 귀한 길손이 들르지는 않을까.

콩닥콩닥 하면서도 봄바람 난 처녀가 눈 녹기를 기다리는 그윽한

바람은 언제쯤 불어와 환한 색으로 봇물 터질지.

봄 속으로 참방 빠져 보기도.

무지개

금방 그칠 기세가 아닌 듯 천둥이 두들겨 때리고 퍼붓던 비가 언제 그랬냐는 듯 뚝 그치고, 기습적으로 나타난 묵직하게 걸린 장대한 형체가 세상을 내려다보며 서서히 위용을 드러내는 다양한 형태미.

그 신비로움은 우주가 열리는 것 같은 경탄을 자아내기도 하고, 알록달록 또렷한 색채감을 고루고루 배분해 보여주기도 한다. 때론 가지런히 등을 맞대고 어른거리다가 번개처럼 사라지기도 하지.

더욱이 빼어난 광채로 광막한 우주에 떨어질 듯 살짝 걸쳐 휘어져도, 부러지지 않는 요체를 바라볼 때면 온통 수식어가 필요 없는, 가장 상기된 낱말로 나열하고프다.

얼핏 봐서는 분간이 가지 않는, 일곱 빛으로 뽑은 오밀조밀 조화가 지닌, 구성미는 그저 황홀한 탄성으로 광활한 하늘에 심상치 않은 변화를 더해 주는 특유의 존재지만, 저 영롱한 일곱 줄은 잡힐 듯 말 듯, 보일 듯 말 듯, 없어질 듯 말 듯 장엄하게 휩싸 안은 형상.

어느 땐 전체를 왕창 뒤엎을 무서운 파괴력 같은, 엄중한 재앙의 징후가 곳곳에서 나타날 것 같은 경종임을. 어느 땐 무언의 일곱 가지를 흔들어 넘치도록 붓겠다는 은밀하고도 거룩한 메시지로 쐐기를 지은 듯.

해독이 난해해 도저히 범접할 수 없는 고요와 장엄이 창대한 곳.

철저한 비밀을 간직하고 있는 듯, 숭엄한 곳을 향해 주제넘음인 인간의 욕망으로 신의 고유 영역을 침공해, 응징으로 냉엄히, 준엄히 벌하고 꾸짖을지, 어떻게 하실지, 어떻게 보실지….

신데렐라

가족들, 깨묵쟁이 친구들이 뒤섞여 살며 지지고 볶던,

얽힌 추억을 타고 콩 하나라도 나눠 먹던 친숙한 곳으로 향하는,

고향집에는 자식들마다 뭘 더 줄까 꼭꼭 챙겨 두었던

양식, 부식거리, 소주병에 철철 담긴 참기름, 들기름.

새로 장만한 가마솥에 입동이 지나면

메주콩을 삶아 절구에 찧어 밟고, 찰볏짚으로 싸서 띄워 장 담그고,

용수와 체를 받쳐 뜬 장물 메주를 건져 치댄 토장, 고추장, 장류

를 아낌없이 꼭 매어 주시던,

손때 땀때 물씬 밴 체취들로 치렁치렁.

마음속에는 부모 운이 좋아 이슬만 먹고 살던 공주 시절 언뜻언

뜻 되살아나,

유리 구두 벗어 버린 설움에 눈물이 주르륵 뺨으로 흐르고,

예나 지금이나 그대로인 위태위태, 아슬아슬하게 핀

서로 다른 빛깔의 가을꽃들은 실잠자리 날개처럼 귀여운 자태로

피고지고,

곡물 줄기에 오동통하게 불어 가는 황금들에는

허수아비 거칠게 추격할 때 변장술에 최고인

카멜레온같이 요리 힐끔 조리 힐끔

성가시고 신물 나게 득세하는 참새들만 옥신각신.

 코스모스

뿔뿔이 흩어져 탐색하고 염탐하던 가을이 늦더위를 앞당겨 보내려는 듯,

그로모은 기습 괴력으로 오싹하리만치 닥치는 대로 샅샅이 밀어붙여 기를 죽이며 압박과 추격으로 돌진하니,

그 위세에 눌려 묘수 없는 더럭 겁난 여름이 뜸들일 시간도 없이

으슬으슬 와들와들 떨며 다시는 얼씬 않겠다고 자리 내주고 슬그머니 꼬리를 감추며 달아나,

기다랗게 출렁이는 둑방길 양편에는 서늘함을 헤집고 나온

나긋나긋한 때 이른 코스모스가 미풍에 폐부를 애무하며

보드랍게 간질간질, 엉덩이를 뒤뚱대며 수다스럽게 꽥꽥, 빠진 인원 점검.

끝으로 유영을 만끽하며 협공으로 훑던 들청둥오리 행렬들

물고기 섞여 지나간 자리를 눈독 들인 먹이사냥을 할 기회를 찾

아 나서고

　쫓고 쫓기던 피난길, 수초에 몸을 숨겼던 힘없는 잔챙이들이

　다시 활기 찾고 하늘하늘 유유히 곡예를 하나

　과연 언제까지 무사할는지.

24 고향

여태껏 많은 것이 흘러갔어도 확 잊히지 않는 태어나고 자란 그곳.

철이 바뀔 때마다 널려 차례차례 속살까지 붉어져, 하나씩 하나씩 손쉽게 따먹던 제철 맞은 과실류와 뜸부기 울음소리. 한 줄로 앉아 조그만 깃털로 겨울양식까지 채운 새소리, 때 묻지 않는 자연의 소리. 곤충들의 합창이 잠을 깨우고, 흙의 촉감이 부드러워 봄꽃이 많았지. 하늘이 주는 축복 속에서 소낙비가 내리고, 눈발이 날리는 담에서는 시래기, 옥수수, 채소, 곶감을 말리며, 옆댕이 위를 올려다보면 아무도 모르게 자리 잡고 지지배배 제비가 새끼를 치고 감꽃이 활짝 피던 곳.

생면부지의 두 사람이지만 천상배필을 만나 짝을 이룰 때면, 한복을 곱게 차려 입은 혼주와 정성껏 부주 들고 온 친척들, 형편 따라 갖고 온 이웃 하객들, 교인들, 사회 맡은 장로님 앞에서 신랑 신부 들러리 화동이로 꽃 한 바구니씩 들고, 머리는 부젓가락으로 꼬들꼬들, 빨강 치마 노랑 저고리 입고 꽃씨를 뿌리면 참 예뻐 보였지. 지금도 눈앞에 삼…삼 얼른 주일이 돌아오면 작은 연봇돈을 들고 예배실로 달려가 엄마 아버지 오래 살게 해주세요. 기도하고 예배가 끝나자마자 교회 한 귀퉁이를 마당삼아 놀고 싶어서 몸이 근질근질.

번번한 놀 거리라야 소꿉놀이, 널뛰기, 그네뛰기, 병정놀이, 방패연 날리기, 땅따먹기, 고무줄놀이, 공기놀이, 딱지치기, 구슬치기, 자치기 등. 은신처에 숨은 걸 들킬까 봐 조마조마했던 숨바꼭질. 둥글게 잡은 강강술래, 사금파리로 네 땅 내 땅, 네 편 내 편 갈라서 똥침을 먹이며 사방치기 하다가, 금세 쌈박꼭질로 토라지며 늦은 저녁 까지 흙발로 천진난만하게 뛰놀던 상고머리 동무들. 어떻게 변해 무얼 하며 살고 있을까?

단오 날이면 언니들에게 불려 따라 나가 창포물로 머리를 감고, 누가 더 머리 결이 매끈한가 시샘했지. 머리에 꽃 장식을 하고 산골 처녀처럼 수줍어 빨개지곤. 본격적인 여름 맞이에는 눈물이 질질 나도록 검게 칠을 하며 밀을 구워 먹고, 숯검정이 달라붙어도 밀 줄기로 석탑 쌓듯 탑을 쌓아 여치 집을 짓고, 하루 이틀 풀과 물을 넣어 주다 풀어 주었지.

한참 꿈에 술렁여 며칠 밤을 기다리던 앞 둔 가을 운동회 날. 청군 이겨라, 백군 이겨라. 청백 머리띠를 묶고 목이 터져라 응원을.

바통터치로 엎치락뒤치락 경쟁하며 내달리는 이어달리기. 엄마와 학생들이 릴레이를 하고, 밧줄을 잡아당기는 영차영차 소리. 단체 줄다리기, 단체 줄넘기, 앙증맞은 꼭두각시놀이. 호루라기를 불며 어깨에 흔들리지 않도록 올라탄 기마전이 눈에 들어오기 시작하면, 소리 높이 목이 터져라 응원을 하던….

어느덧 운동회가 끝나 칠판에 군사부일체를 가르치시던 은사님들, 자잘한 일을 도맡아 하던 소사 아저씨까지 빠져나간 열중쉬어 차렷, 인적 끊긴 운동장, 운동장엔 시소, 미끄럼틀, 그네와 가물가물한 웃음소리만. 한 알씩, 토실토실 숙성돼 가는 고욤나무 아래서는 빵 바구니가 비어 있으면 찬장에 보관해 두었던 찐 감자, 찐 고구마, 그리고 보릿고개 음식인 보리개떡을 먹으며 놀이에 정신이 팔렸던 날들.

울타리 안 영원한 안식처. 아버지가 버티시고 있는 정든 집에는 언제라도 대문간 들어서면 자시던 식혜며 뚝딱뚝딱 완성한 독상인 번개밥상이 있지. 깨작깨작 야단도 맞았던,

대작농이라 자물쇠가 걸려 있던 비밀 토광은 텅 빌 새가 없었지. 농기구 집결지인 헛간까지도 비슷비슷한 곡식들로 메꾸었던, 널린 빨래가 많아 바지랑대가 빨랫줄을 받치고 있는 안마당까지도 지천으로 널려 있었지.

등하굣길 조붓한 산길로 낭랑한 새소리 들으며 다녀올 때면, 책가방이 없는 시절이라 책보에 달그락거리는 도시락통과 책을 싸 허리에 돌돌 감고 질러가는 전망 좋은 바위 벼랑. 그곳에는 살기등등하고 무시무시한 저승사자 독사가 독을 품고 죽은 척 엎드려 있다가, 간간이 정체를 드러내고 몸을 말린다는 소문이 돌았지.

기상천외한 모험 기질로 살금살금, 그날따라 낭설이 아니라 도도하게 눈 하나 깜짝하지 않는 제압으로 희생양을 찾는 듯, 응시하고 쫙 노려보며 속수무책 제물을 삼은 것처럼, 눈빛은 불꽃이 팍팍 튀며 먹잇감을 덥석 물어 버릴 공격 태세. 섬뜩하게 덤벼들어 혼비백산에 등골이 오싹. 하얗게 질려 "아이쿠머니야!" 포식자에게 맞서 대적할 무기가 없는지라, 식은 죽 먹기로 만만하게 보여 꽁무니를 바짝 쫓는 듯. 눈앞이 아찔.

얼른 뒷걸음을 쳐 쏜살같이 걸음아, 엄마야, 옴마야, 나 살려. 나무에 걸려 자빠져 엉금엉금 기다가 도망쳐 꼴이 말이 아니었지. 식은땀을 줄줄 흘리며 질겁하고 식겁했지. 독을 만나면 왕왕 죽기도 하는데 용케 살아남았지. 황송할 지경으로 사지를 벗어나 정신을 차리고 보니, 특유의 산 공기가 온 산을 퍼뜨리며 스며들어와 발길을 유혹하고, 기기묘묘한 무늬로 새 생명을 탄생시키려고 긴장하는 꽃 잔치에 흰나비들이 날아들어 가녀린 동심을 마구 마구 호기심으로 부풀게 해놓았지.

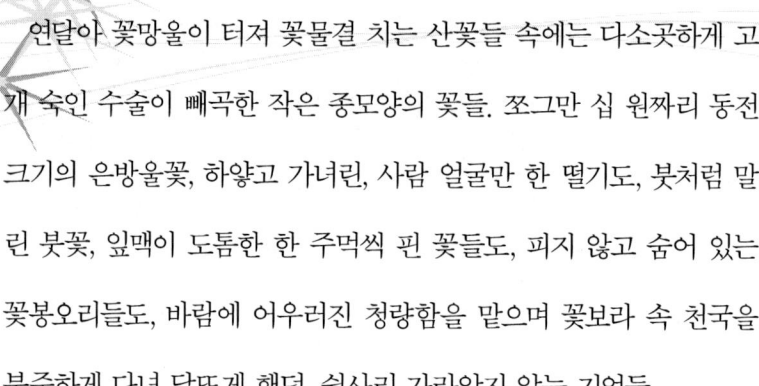

연달아 꽃망울이 터져 꽃물결 치는 산꽃들 속에는 다소곳하게 고개 숙인 수술이 빼곡한 작은 종모양의 꽃들. 쪼그만 십 원짜리 동전 크기의 은방울꽃, 하얗고 가녀린, 사람 얼굴만 한 떨기도, 붓처럼 말린 붓꽃, 잎맥이 도톰한 한 주먹씩 핀 꽃들도, 피지 않고 숨어 있는 꽃봉오리들도, 바람에 어우러진 청량함을 맡으며 꽃보라 속 천국을 분주하게 다녀 달뜨게 했던, 쉽사리 가라앉지 않는 기억들.

여름에는 진종일 덥혀져 달큰함이 한창 더하고, 깔도 빛도 입맛 사르르한 여름 과일. 곁가지 많은 토마토, 복숭아, 까매진 포도가 작황이 좋은 놈으로만 송알송알.

갑자기 장맛비로 흙이 곤죽이 돼 진창이었던 흙길이 끝나면, 천막 치고 자리 깔아 천렵 명소로 유명했던 금빛모래 앞내에는 덥석 무는 팔뚝만 한 물고기를 낚아 즉석에서 척척 썬 회 한 접시, 두 접시, 몇 접시씩 먹고.

달라진 물길에 불어난 그 속으로 들며나며 첨벙첨벙, 입이 파래지도록 물장구치다, 여기저기 튕기는 물방울이 귀에 들어가는 줄도 모르고 멱을 감다 귀가 먹먹, 물에 익숙지 않아 까딱 발을 헛디뎌 휩쓸려 허우적거리다 떠내려가 하마터면 빠져 죽을 뻔도 했지. 천만다행으로 죽을 고비를 몇 번이나 넘겨 짜릿한 스릴도 느껴 보았지.

모여든 어른들의 도움으로 목숨을 구하고 나와.

꽃신에 철철 넘치도록 물밑 돌 틈에 숨은 맥 못 추던 치어들을 얼른 띄워 주기도 했지. 약한 물줄기 따라 한참을 내려가 반들반들한 차돌맹이 조약돌이 있는, 조가비껍데기가 반쯤 드러나 있는 투명한 물 속. 작은 물고기 떼가 몰려 자유자재 아래위로 이리저리 헤엄쳐 뒤집으며 장난을 거는 물 위의 종이배. 시계와 반지를 만든 하얀 망울 행운을 가져다준다는 네잎클로버를 띄워 떠내려 보내며 소원을 빌기도 했지. 결결이 물보라를 일으키며 옮겨 다니는 잔물결은 어디까지 가서 머무르다 덩어리로 뭉쳐질까, 하는 생각에 하릴없이 주변을 맴돌곤.

공중에서는 두세 달이면 더 이상 날지 못해서일까. 수백 마리 가버릴 잠자리들은 기이한 난무로 호들갑을 떨고, 지친 기색이 없어 보이던 여름도 앞서온 가을을 위해 은근슬쩍 물러갈 채근을 하며 사라졌지.

가을에는 첫 수확도 하기 전에 대식솔로 식성이 배로 늘어나고, 배를 곯은 용의자들이 대군을 동원해 광범위하게 포진해서 중구난방 덤볐지. 그러면 사나흘씩은 난리치는 등쌀에, 왕년에 총구를 겨냥한 총잡이 엽사인 줄도 모르고 걸신이 들려서, 거덜 나든 말든 알맹이만 빼먹었지. 주린 배만 배터지게 채우며 눈칫밥에도 피둥피

등 살쪄 가는 똥고집. 저것들 쏠까 말까 앞뒤 잴 필요도 없이, 총알을 뿌려 모조리 박살내 봐. 팔만 벌린 종살이라고 계속 꽁지 안 내리고 득의양양 깔볼 거냐?

추수가 끝난 논에 이삭도 낟알도 많은데, 흥청망청 묵은 쌀도 아닌, 방아만 찧으면 햅쌀을 이악스럽게 처먹어 대는, 씨알도 안 먹히는 베짱이들아. 쌀 한 바가지 얻으려면 땀을 얼마나 흘리는지 금방 까먹는 아둔한 저것들. 알 턱이 없지. 오만불손한 것들이 젠장, 목숨이라도 건지려면 버티는 것만 상책이 아니거든. 참으로 가관인 어림 반 푼어치도 없는 것들.

꽁알꽁알 꽁한 허수아비 진저리가 좀처럼 누그러들 줄 모르고, 심기가 뒤틀린 넌더리를 요절 낼 심사로 발칵 뒤집혀 빵떡모자를 썼다 벗었다 하며 별렀지. 한편 추수가 끝난 너른 땅도, 하늘도, 빈 들판에도, 우수수 낙엽 진 산에도, 고요한 침묵과 정적에 휩싸인 채 허허로워 전혀 귀찮은 내색 없던 하루도, 턱밑까지 타래를 풀어 해쓱해질 때면 꼭꼭 닫아걸어 둔 어둠의 빗장이 벗겨져, 건들바람이 귀뚜라미가 울던 툇마루 구석구석 신발이 섞인 댓돌까지 흔들며 소란을 떨었지.

덜렁 안채 행랑채는 새벽녘을 동그마니 지키고 있어 가을은 갑니다 하고, 흰 겨울눈이 한 바탕 퍼부어 쇠 문고리에 달라붙었지. 발

목까지 푹푹 빠지는 한밤중이면 눈신발로 헐레벌떡 뛰어다니며 무엇이든 코에 대고 킁킁 물어뜯는 앞마당 깽깽 새끼 예쁜이, 눈 묻은 털만 싹싹 핥으며 마실을 좋아해 어슬렁어슬렁 설치고 다니는 다혈질 고양이들과 한 데 어울려, 너까래 싸리비 들고 비질하여 말짱하게 치워 놓았지.

입안이 궁금하면 출출한 배 살짝 달래 줄 별식 거리로 야식 파티도 열었지. 뭘 먹을까 고민하다가, 그 중의 제일은 먼젓번 먹었던 바로 요 맛인 떡국. 시루에서 물만 주면 성큼성큼 자라는, 살캉하게 무친 콩나물, 우지뱅이 씌운 반 식량, 응달진 곳에 묻었던 김장독을 열면 맛있는 냄새가 났지. 송송, 숭덩숭덩 썰어 얹은 콩나물김치볶음밥. 땅속에 마름을 두른 무를 꺼내 만든 무나물 무국. 부엌 한켠 두멍에서 갓 떠낸 살포시 얼은 슴슴한 신건지 동치미 국물. 가을에 수십 접 장만한 흐물흐물 홍시 감과 꼬들꼬들 큰 곶감, 먹고 먹어도 질리지 않는 오십 일 말린 반 건시.

공주처럼 챙겨 주던 온 집안 식구들 가끔 미소로 돌아보게 했지.

백설

간밤 잠결에는 장지문 문고리가, 문풍지가 부르르 떠는 웃풍 심한 소리가 자주 문지방을 드나들곤 했는데,

아침에 일어나 살펴보니 눈이 내리고 있네요. 눈이 내리려고 밤새 억센 살바람이 넘나들었나 봐요.

지난날 좌절의 소용돌이에 무참히 내팽겨져, 크고 작은 속앓이에 잠을 설칠 때가 많았는데,

이 첫눈을 바라보고 있으니 착잡하기도 하고 술렁이기도 하는 게 만감이 교차하는 것 같아요.

저 흰 눈에 덮여 가는 백색 설원에

세속의 모든 근심은 한쪽에 모아두고

가슴 깊은 한 자락에 주저리주저리 숨어 있는

우리 둘의 아름답고 뜨거웠던 시절만 되짚어 보며

잊지 않기 위해 차곡차곡 저장하고 싶어요.

속속 하얀 누리에 펄럭이던 눈이

삽시간에 수억의 눈꽃 송이로 바뀌네요.

당신과 나 애틋한 연정이 승화돼

오늘 청아한 송이 다발이 된 것 같아요.

🌸 고향마을

　가뭄이 들어 풍풍 써도 마르지 않는 움푹 팬 옹달샘도, 땅 밑에 고인 물웅덩이도, 단 샘도 많아 오곡을 심으면 잘 자라던 고향 마을.

　품은 꿈이 무럭무럭 자라게 나침반이 돼 주었던 고향 마을.

　옛집 사랑채는 모여든 식객으로, 마실꾼으로, 넝마주이 묵객으로 넘쳐나던 동네 쉼터.

　지긋이 눈감으면 새록새록 들려오는

　사계절 옛 고향집 소리.

　은밀한 숲, 껑충껑충 아기 맵토끼를 벗 삼아 뛰놀던 솔 향긋한 꿈 동산에

　고깔모자 쓴 이끼 낀 너럭바윗돌 남아 있겠지.

　덧없음에도 늘 그리운 고향, 지금도 깃을 내리고 사는

　피붙이, 살붙이, 먼 친척뻘 일가붙이들 두루두루 안녕들 하신지

　어떻게들 지내시나 하는 생각에 눈물이 그렁그렁

　단박이라도 한 걸음에 달려가고픈 고향 마을.

37 새 잎

알쏭달쏭 마치 우윳빛 꽂인 체 골목골목 점을 찍던 눈도

맵짠 눈발도 즐길 틈 없이 슬금슬금 떠나가니

바야흐로 나뭇가지에도 강한 생명력을 과시하며 내민 여린 잎맥

들 일색으로 내뱉고

비집고 들어간 협소한 바위틈의 꽃에도 연두색 애벌레가 기어올

라 짙어 가는 풀빛으로 제각기 날개를 내주고

싸맨 파열음에 사정없이 던져져 처절하게 휘청거려야만

3분의 2 반을 발악으로 조롱하던 것들은 긴 삶에서

내일 향해 초석을 놓을 힘줄이 골격이 되는 밑동이었거늘.

38 가을 나비

아, 손짓하던 5월의 신록이 물이 올라

녹아내리던 것이 엊그제 같은데

어느 순간 가을이 슬며시 찾아와

봄에 뿌린 볍씨가

몸을 사리지 않고 제법 알통이 굵어 가고

두 알 세 알 살이 오를 대로 오른 참 먹음직스러운 파란 햇사과

아삭아삭 새빨간 홍옥, 능금이, 큼지막한 햇배가, 돌배가

오색 꽃숭어리로 적당하게 맛 들어 있어

끈질긴 더위 기승에 나무그늘에서 곁눈질하며 알찐거리던

색깔이 화사한 새침때기 가을 나비도

절정에 이른 찬란함에 신이 난 듯.

팔랑팔랑 교태스러운 맵시로 날개를 부풀려 머리 위를 돌며

사뿐사뿐 날아다니니 봐도 봐도 날렵하고,

그다지 머잖아 도처에 돋보인 가을 색 단풍이 달아올라

마지막 불을 태워 만추의 낙엽이 되면

한참이 지나도 갈피를 못 찾겠지.

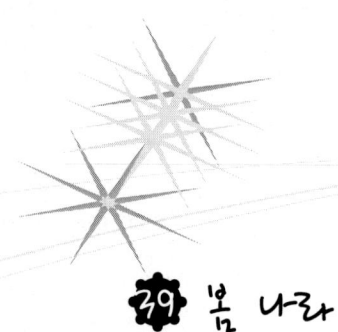

29 봄 나라

오늘은 겨울을 털어 내고 봄 세례에 고삐를 늦추지 않고

파릇파릇 태동하는 봄 나라로

정신없이 쉴 새 없이 앞만 보고 내달던 만사를 내려놓고

벼르고 벼르던 작심한 이참에 짬을 내어 마음에 두었던 곳으로

나가 볼 판이다.

얼음장 밑에서는 갓 녹은 시냇물이 모래를 야금야금 허물어 가며

제 영역을 넓혀 가고

가끔 동그라미 물방울 속을 찬찬히 들여다보면 모래더미에 고개

를 처박고 두문불출하던 어린 티 조무래기 생명들이 살벌한 전쟁터

에서 가쁘게 호흡하고 있을 줄이야.

자꾸만 시선이 닿아 눈이 쏠리는 흙먼지 이는 제방에는

끝없는 눈 속에 눈바람을 피해 몸을 싣고,

봄꿈을 꾸다가 시야를 자욱하게 가린 봄 발이 봄 문턱을 넘으면

여러 겹겹으로 혹한과 눈을 많이 받아 더 붉은 매화가

꽃술을 살짝 끌어내며 탕탕 절정으로 터져

흠뻑 현란한 설렘과 흥분으로 탐매꾼들을 숨 막히게 만들고.

40 준비 없는 이별

갑자기 떠나보낼, 그럴 준비는 가히 생각지도 못했는데

고작 불혹의 사십 줄에 이런 아픔을 격을 줄을.

초조하게 하루나절을 낼 모레, 달포를, 한 해를, 내년, 후년, 두 계절을 기다려도

공연히 돌아오지 않을 사람을 목을 빼고 기린목이 되어

행여 돌아오지 않을까

가로등 하나 둘 켜지는 집 앞 골목에 우두커니, 멍하니 눈이 빠지도록 며칠째, 서성서성이다 말없이 울며 헤매곤 했지.

몇 년간 도대체 어디랍니까? 어디이기에, 돌아와, 돌아와

문득문득 그리워지면 어떻게 하라고, 어디서 불쑥 설마 올까.

아니야, 보들보들한 산 목련이 새하얗게 필 때면

산 넘고 강 건너 먼 길 한달음으로 저벅저벅, 뚜벅뚜벅 오실 듯 오실 듯

벌써 머릿속은 세찬 용암이 하늘을 찌를 듯 심하게 혼동이 오고

이 마음을 전해야 되는데, 낭군님 서방님을 맞이해야 되는데.

개나리

꽃샘바람을 타고 향연을 펼치던 봄꽃이 닫힌 문살에 짙어질 때면

아련하고 찌릿하게 저려 와서

금방이라도 천 길 마다 않고 찾아올 것만 같아

뒤를 돌아보며 호흡을 가다듬고

추슬린 자세를 차분히 여미곤 했지.

오실 즈음 노오랗게 개화한 품에 힘껏 안겨 보리.

뜨거운 사랑도 나누어 보리.

설령 오지 않는다면,

그래도 오지 않는다면 당신을 그리워하는

망부석으로 홀로 서서

마냥 기다려 보리.

42 이별

이별 예고도, 고별 예고도,

조만간 훌쩍 둘러보고 오겠다는 약속도 없이

흰 소복 상복을 준비해 문상객을 맞던 장례식 날

저 관에 넣어

관이 든 낯선 꽃상여를 부여잡고 기약 없는 장지에 도저히 떠나보
낼 수 없었던

아—, 어찌 잊을 수 있으랴, 어찌—, 이 세상에서 마지막인 잔인한
그해 그날을!

성난 우뢰가 곤두박질로 몸부림치며 순식간에 한낮을 몰살시킨
그날

하늘도 섧게 울고, 땅도 섧게 울고

통곡에 가린 핏빛 핏자국들은 피가 철철

피투성이로 갈기갈기 흥건히 적셔져 있고,

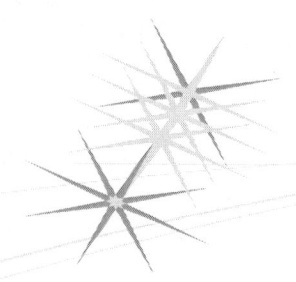

무심하고 무정한 사람 같으니라고

그렇게 애를 태우고 가면

남은 긴긴 날 누굴 믿고 어디다 정 붙이고 살란 말인가.

삶과 죽음은 하늘의 섭리라지만

내가 만약 엄청난 실의에 빠져 방황하면, 외로워 보이면

결코 좌절하지 않게 꼭 잡아 줘야 돼.

42 하모니카

　농사일은 전혀 거들지 않고 달콤한 늦잠만 자다가, 일꾼들 새참 내가는 소리에 벌떡 일어나 다리쉼하며 모여 앉은 곳, 칠 찬이 좍 깔린 못밥에 꼽사리끼어 먹는 재미가 쏠쏠했지. 박으로 만든 바가지로 술을 돌려 낭만도 즐겼지.

　비 그치고 난 숲 밑으로 돌개바람이 일면, 등껍질이 초록색, 노란색, 붉은색을 띤, 수컷 냄새가 나는 풍뎅이들이 말똥말똥 고개를 세우고 쟁쟁 날아오를 기회를 보았지.

　기지개로 전신을 뒤채며 두 갈래로 발광하고 일어서는 잔풀들도 알 수 없는 고상함을 주어 한여름이 지루하지 않았지. 진작 모를 다 심은 대청마루에서는 한 수 한 수 내기바둑을 두다 한두 집 갖고 말다툼이 벌어졌지. 그러다 섭섭해 하고 빈집 갖고도 승부에 연연하던 차야, 포야, 장기판도, 훈수꾼들도 뚫어질세라 복잡해진 판을 기웃거리곤 했지.

전갈을 들은 거미도 천정에 매달려 엉금엉금. 다듬잇돌 옆에서는 여치도 이리 뛰고 저리 뛰고, 귀뚤귀뚤 귀뚜라미 소리도 들려왔지. 벼 포기에 달라붙은 벼메뚜기들은 논병아리와 몰려다니며 팔딱팔딱 오두방정을 떨며 아침부터 저녁까지 통통 튀어 다니고.

비가 내려 물이 차면 누가 먼저랄 것 없이 물에 잠긴 채 머리만 내놓고 서럽게 울어 대는 개굴개굴 개구리 울음소리. 폴짝 튀어나와 우는 놈도 있지.

집집마다 새파란 땡감나무에 붙은 토종 불청객 참매미와 말매미가 만나 오르락내리락 하며 울기 시작하면, 귀청을 찢는 듯 때리며 고막을 긁는 시끄러운 불협화음으로 낮잠 달아나기가 일쑤.

더위에 지칠 때면 허한 기운을 보태기 위해 조개 중의 작은 거인인 차돌 같은 재첩을 푹푹 끓였지. 잔바람에도 늘어져 하느작거리며 꽃가루를 날리는, 웅장하게 뿌리 뻗은 수양버들 아래 정자 그늘에서, 땀을 식히러 나와 계시는 힘이 달리는 어르신들과 개운하고 뽀얀 국물을 벌컥벌컥 마셨지.

괴어 있는 흙탕물, 탁한 둠벙 물도 바닥까지 퍼내어, 약삭빠르게 움직이는 비늘과 지느러미, 아가미가 꾸물꾸물 진흙에 처박혀 찍소리 없이 걸려 들어오면, 발버둥 치며 탈출하려는 포식한 물고기들을 사냥했지. 툭툭 썬 미나리를 넣어 자박자박 잔내 없는 얼큰한 탕으로 직행. 뜨거운 한 철 보내기에는 딱 좋았지. 해가 꼴딱 넘어가 아물아물 저물면, 한 줌도 안 되는 귀찮은 날벌레, 분수 모르는 하루살이들이들.

죽기 살기로 공격해 오는 풀모기들이 윙윙대는 바깥마당에 모기장, 홑이불, 평상 하나씩 들고 멍석을 쭉 펴서 깔아 놓고 끼리끼리 또래들과 어울려 이마를 맞대고, 호드기를 불며 칼만 대면 갈라지는 기차게 잘 익은 수박덩이와 꼭지째 뚝뚝 떨어진 참외를 깎아 와 자작 우걱우걱 한 입에 넣고 갈증을 풀었지.

항아리에서 알맞게 익은 누룩과 술밥인 고두밥에 구멍이 숭숭. 곰팡이와 효모를 통해 끓던 다디단 막걸리 침전물인 지게미를 뭉텅뭉텅 떠먹다 얼큰하게 취하기도 했지. 고무 통에 풍덩 뛰어들어 등을 벅벅 밀며 등목도 쌈빡하게 마무리.

마지막 야참에 제격인 갓 쪄낸 찰옥수수. 하모니카를 불며 두런두런 몇 토막 수다로 풀다가, 이윽고 둘러앉은 모기불이 거반 시들고 부채질 소리로 이슥해 싸늘한 땅기운이 올라와 한기를 느끼면, 뒤안에 핀 봉숭아를 따서 명반을 넣고 돌 위에 콕콕 찧어, 호박잎으로 똘똘 말아 물을 들였지. 첫눈 올 때까지 꽃물이 선명하게 남아야 첫사랑을 만난다는 말에, 입이 찢어져라 하품을 하며 한뎃잠으

로 하룻밤을 보내고.

　무수하게 사선으로 번지며 떨어지는 별똥별을 베게 삼아, 고물고
물 뿌리는 이슬은 모포 삼아 꿈 위 세계인 별자리 여행에 들어가곤
했지.

🎕 산 들국화

인적 뜸한 산 펄, 들 펄에 흐르던 때늦은 향이

첫 찬 서리가 와도 꿈적 않은 채 끄떡없이 부산스럽고,

서리가 깔린 산 한가운데는 꼭대기로 손을 뻗으면

떨어질듯 한 까치밥, 이슬 먹은 조막손 만 한 홍시가 달랑달랑.

고추장 된장 향이 나란히 사악 밴 옹기점 만 한

장항아리가 모인 뒤뜰 장독대로 돌아서면

된서리에 더욱 농익어 가는 끝물 모과만 대롱대롱.

언덕에는 최후를 맞고 얼마나 몸을 던졌는지

가을빛으로 채색한 빨간빛 누런빛

한 장 한 장 올라오는 가랑잎 소리가

왜 열병을 호되게 앓던 사춘기처럼

고적하고 허탈할까.

 두부와 청국장

천방지축 순진무구한 어릴 적 입맛이 까칠까칠할 때면

자근자근 두드리고 부순

노란 불린 햇콩을 맷돌에다 어처구니로 돌려 갈아

무쇠 솥에 뭉근하게 쑤운

멍울멍울 순두부와 말캉말캉 찰랑이는 모두부

볏짚 깔은 대나무 소쿠리에 잘 쪄진 콩을 붓고,

깻단으로 불을 지핀 절절 끓는 아랫목에

흰 실이 엿가락처럼 늘어지게 띄워 콤콤, 퀘퀘해도

투박한 질그릇에 끼니마다 멸치 퐁당 빠트려

보글보글 끓여 주던 청국장과

샛노란 배춧속에 빨간 무채와 갓, 쪽파, 양념 재료가 버무려진 김
치를 두 입 거리 썰어 내고,

사근사근 깍두기를 척척 얹어 솥단지에 안친,

134

윤기 잘잘 고슬고슬 갓 찧은 쌀이라 놋주발을 너끈히 비워 내어

밥도둑이 빈말이 아닌 고봉 햅쌀밥, 찰밥도 합세.

철이 꽉 들어찬 지금까지도

그대로 저장된 어머니의 옛 맛.

조물락 조물락 몸에 좋은 것들만 해주어 입이 누리던 호사에 고

향과 엄니 너무 생각나.

46 유채화, 진달래

　추위가 버티고 서 있어 저쪽 어디쯤 꽁꽁 묶여 한 참이나 장고에 들어간 봄이 초록 물과 분홍, 노랑, 연두 꽃이 알은체를 하며, 길을 내준다는 낭보에 봄빛 선율이 죄다 눈이 동그래지지.

　목련의 첫인사로 유채화, 진달래꽃이 마련해 준 벌판, 넘치도록 범람하고 있어.

　용케 안정을 찾은 요런 때에 감동할 여지를 주고

　고개 든 살구꽃, 앵두꽃이 자아내는 딱 이만큼의 향취와 정취도

　때를 놓칠세라 한 몫 거들며 발길을 잡고 있어.

　완전한 봄, 그 속을 들여다보면 또 다른 마력으로 끌어들인다네.

47 앵두

경사진 산모퉁이길 꽃 진 자리에

동글동글 빨간 구슬이

까끌까끌 들이치는 여름 볕을 고이고이 모셔와

잠깐 바라만 보고 있어도 강렬한 유혹에 끌려들어

입가가 빨개지도록 꿀꺽.

꽉 찬 유월이면

요만한 방울이 조롱조롱 달콤하게 물큰 익어

언제 기별이 올는지 맘 졸이며 두근두근했는데.

48 커피

풍미를 돋우어 터지는 순간 쌉싸름한 것이 달콤한 휴식을 주고

제 한 몸 선뜻 불살라 속을 데우며 입안을 싹 가셔 내어

치달린 목마른 목을 우려 축여 주면

빠른 속도로 싸한 것이 올라와 온몸을 타고 돌아다니니,

그대는 탄력을 주고

뭉게뭉게 훈훈한 온기가

고루함을 메고 사는 사람들을

이내 밖으로 끌어내는 윤활제 역할을 하고 있으니,

몸을 녹이도록 토해 낸 구수함은 우울함을 잊게 하고

호호 불어 코를 탁 쏘는 것이 일품인 뒷맛, 천천히 음미하면 힘의

원천이 되는 것을.

49 우이천

우리 집 앞 십분 거리 벌건 해가 이글거리는 우이천엔

깔딱 숨을 몰아가며 달려갔지만,

어디로 흘러가는지도 모르는 물 위에

고귀한 혈통, 귀족인 양

우아한 자태로 고고함을 즐기는 백로 가족만 남기고

금빛 노을 방천 위에 솔바람만 남기고

유야무야 어디론가 가버렸구나.

50 가을이 온대

　　휘어진 산 한 쪽 곁방에 군더더기처럼 더부살이로 얹혀사는 가
을이

　　뿜어내는 열을 몸을 사려 견뎌 내고

　　흔들흔들 색바람의 환영을 받으며

　　가을이 온대, 가을이 오고 있대.

　　불길 쏟아내는 태양 아래서

　　점점 내리쬐는 열을 침묵으로 견뎌 내고

　　산바람, 들바람, 강바람의 호위를 받으며

　　가을이 온대, 가을이 오고 있대.

세월

　삼십칠 년 전 두 타인이 중매를 통해서 요모조모 따진 혼담이 오고가 주저 없이 신랑각시로 백년가약을 맺은 후, 열린 혼삿길로 일류지대사인 가장 성스럽고, 성대한 혼인 잔칫날.

　청실홍실 드리운 초례상 앞에 사모관대에 연지곤지, 속저고리, 속속곳, 속치마, 전통 혼례복과 족두리 쓰고 준비한 이바지 음식, 폐백 치마폭에 던져 주는 대추를 받으며, 합환주 합근례도 주거니 받거니.

　봉채비로 고급스러운 예물에 청실홍실 빨강, 파랑, 금박으로 수놓은 예단을 혼수로 바리바리 받고, 팔자 좋은 사람에게만 맡겨 꿰맨 이고지고 온 포근한 햇솜 이부자리에 두동베개, 단동베개. 옷고름을 풀고 초야를 치른 신방 후, 깨소금 신혼집에 신접살림을 꾸려 두 아이를 낳아 기르며 기쁨은 물론 슬픔과 궂은일도 평생 함께하겠노라 손가락 걸고 언약해 놓곤

　알콩달콩 끝날까지 잘살아 보자고 또 언약 해놓곤

금슬 좋게 같은 날 함께 가기로도 약속해 놓곤

열 번 백 번 일러두더니,

한낱 꿈으로 처참히 무너질 줄이야.

주인인 지아비 잃어버린 허전함에 잠들지 못하고 밤새 뒤척일 듯.

늦가을

세상사 허망하고 헛되어, 얼마나 무상한 것이 인생이거늘

원래의 종점, 종착지가 어디인지 알면서도

오늘 내일 종착역을 향해 가야 하는 것이 인생이거늘

빈손으로 왔다 빈 몸으로 조물주의 소유를 잠시 빌려 살다 가는,

천 년 만 년이 아닌

고작 백 년도 채우지 못할 한 치 앞.

그리 멀리 있는 게 아닌

호주머니 없는 수의 한 벌 입고 죽음에 떠밀릴 넋두리인 걸.

어차피 한 순간 꿈의 허상인 나그네인데

아옹다옹 아등바등 발버둥 쳐야 하나.

꽃소식 한창이더니

가을이 아쉬운 겨울로 가는 길목

적막한 황혼 길녘에는 눈이 곧 찾아들겠지.

 가을 우이천가

또 다른 운치로 넘쳐나는 우이천

한여름엔 넉넉하던 물길이

지금은 들쭉날쭉 가려졌던 실상 맨살을 휑하니 드러내 놓고

졸졸졸, 찔끔찔끔 약한 물소리만 들려와

콸콸콸 격하게 치닫던 저 물줄기도

결국 이런 저런 사유가 있었나 보다.

시치미를 떼고 흐르고 흘러서 강물로

가빠르게 흘러간 것을 보면

또 다른 운치로 넘쳐나는 우이천엔

새로운 먹이 찾아 떼 지어 다니는 이름 모를 새 일가도 발자국만

남기고 푸드득, 후루룩 다른 먹이 터로 훌쩍 떠나고

요염한 미소로 복닥거리던

여름의 꽃들도, 풀대도, 풀줄기도 비비 마른 섶에서

아스라이 덤불만 덮고 있어.

질척질척 비 비린내에 경적을 울리며

반사되는 자동차 클랙슨 소리만 이따금씩 보태져

쓸쓸한 풍경에 머리가 복잡해지고.

54 고빗길

여염집 시골 농부의 딸로 태어나 부모님의 우산 아래 유복한 성장기를 보냈지.

돈 조차 쥐꼬리만큼도 없어 꼬질꼬질하고 자질구레한 옷을 형제자매들에게 물려 입거나, 까끌까끌 퍼석거리는 수수밥 조밥도 크고 작은 투쟁을 하며 먹어야할 만큼 가난한 그 시절. 소작농으로 또는 농사랄 것도 없이 병작인 남의 땅뙈기 싹도지로 붙여먹어, 겉보리 닷 되도 없는 보릿고개에 쌀독 보리쌀독이 비면, 묵은 곡식 다 떨어지면, 장려 쌀을 꾸러 다니기도, 궁여지책으로 구황작물 감자, 고구마로 끼니걱정을 덜던 춘궁기.

그런 때조차도 새 옷에 최고의 허연 쌀밥에 비축한 잉여 곡식까지, 필요한 것은 다 가질 만큼 풍족하게 자랐지. 서울 어느 지체 높은 세도가나 정승 따님인들 이에 버금가는 부를 누리며 자랐을까.

감당할 수 없이 걸머진 짐의 무게에 갈팡질팡 허우적거리며 서 있는 사람을, 맞닥뜨린 고빗길에서 등에 커다란 고통의 배낭을 지고 좌불안석 발만 동동 구르는 사람을, 일그러진 욕망의 도가니에 빠져 욕심껏 쥐어본들 불어본들 한 홉도 되지 않는 소유욕의 볼모가 되어, 갖가지 잇속만 챙겨가 울분만 삼키는 사람을 무심하게 보아 넘긴 과거가 참 부끄러워 온다.

 삶의 중요한 의미

삶의 중요한 의미는 무엇인지,

인생의 표면에 드러난 것이 전부라면

너무 불공평 할 거야.

다행히 인간에게는 추상 세계의 개념인 내적, 영적인 이념을 놓고

보이지 않는 본성의 표출이나 원초적 사랑을 추구하며

원래 제 모습은 감추고 살아가는지도 몰라.

이젠 무거운 짐도 훌훌 털어 내고

주변도 주섬주섬 정리하고

슬퍼하지도 노하지도 말며,

좋은 열매 맺으며 힘들 때 기도하고

목마를 때 맑은 물을 듬뿍 마실 수 있는

쉼터를 만들어 가며 살아야지.

🌸 사슬

몹시도 사랑했지만 이젠 그만 떠나보내자. 헤어짐을 준비하자. 수없이 지우고 지우며, 아니 꿈엔들 잊을 리가….

너무 황망히 떠나 "무엇이 그리 급해?" 하고 수없이 되묻곤 했지.

아직까지도 우리 곁을 떠나지 않은 것 같지만,

그래도 보내지 않았는가.

다시 돌아온다는 아무 기약도 없이 떠나

천추의 한인 적잖은 충격을 남기고 어쩌겠는가.

목 놓아 통곡하며 통탄한들,

으스러지게 몸부림쳐 본들 무슨 소용이랴.

되돌리기엔 너무 늦은 것을, 이을 수 없는 사슬인 것을….

놀랍게도 할 말이 있는 듯 쉽게 가지를 못하던,

더 이상 아파하지 말아야지, 아파하지 말아야지.

이 생 소명, 사명, 역할을 마치고 숙제를 다 한 마지막 날,

"그동안 당신 정말 수고 많이 했소."

하며 배웅하러 나온 당신 기어코 놓지 않으리.

57 아롱이다롱이

인생살이에 수많은 시련은 누구나 다 있는 거.

저토록 빛나던 별들이 감쪽같이 빛을 잃어 가고

눈치 챈 공중이 감쪽같이 먹장구름을 모으고

번뜩이는 섬광이 그악스러운 비를 부르는

가지가지 인생.

인생살이에 수많은 난관은 누구나 다 있는 거.

고르지 못한 현란한 가풀막을 밟고 서면

가도 가도 깎아지른 아찔한 오르막길이 있고,

삐뚤빼뚤 가팔라질 산중턱을 오르고 나면

또 다른 숨찬 격류,

마지막으로 헐떡이며 고갯마루를 올라서야 할

가지가지 인생.

58 좌우 대칭

강한 척하지만 지고지순한 양면성도 가진 나

억척스럽지만 솜털 깎아 놓은 듯 부드러운 나

두 어깨를 누른 우여곡절로 펑펑 눈물도 많았던 나

좌우 대칭의 불행과도 덤빌 테면 덤벼 봐, 담담히 맞섰던 나

요렇게 조렇게 빈 구석을 채워 주고 책임을 져주던

동반자, 지원군에 감싸여 행복을 소복소복 쌓아 갔던 나

승승가도, 승승장구의 최고에서

실패의 깊은 나락으로 추락했던 나

앙칼진 흉터를 지우고 설계를 향한 첫 삽을 뜨고 나니

좌지우지 도망치듯 빠져나온 시간들 또렷하고 생생해.

59 흰 눈

까만 밤, 도드라진 산마루부터 능선 눈 처마로 포개져

순백의 눈 천지로 또 다르게 세워질 때면,

퍼뜩 의지와 투지가 솟구쳐 새 야망을 품어 보게도 되고

무한한 이상을 그려 승부를 걸기도 하지.

크고 작은 눈이 만나고 모여 계곡으로, 하천으로, 시냇물로, 강물로,

강물 중의 으뜸인 망망한 바닷물로, 원동력인 생명줄로

때 묻지 않은 마법의 순결함이 넌지시 백야를 밝히는 밤

들리는 건 눈 소리에

점점 미묘해지는 생각을 안고

엎치락뒤치락 뒤척이기만.

60 봄밤

멋들어진 설경에 넋을 빼앗겼던 눈 나라는 오간 데 없고

언제부턴가 더디게 오던 봄빛이 소리 소문 없이 깊숙이 파고들어

새 잎의 질주를 바쁘게 재촉할 우뚝 선 봄에서

덕지덕지 붙어서 견뎌가야 할 등에 얹힌 두께에 겨워

갈피를 잡지 못한 채 날밤으로 꼴딱 지새우곤 했지.

과정을 조목조목 일목요연하게 짚어

획기적인 돌파구로 일어설 꿈을 꾸며

참고 인내했던 기나긴 과정

이 성취감에 뿌듯함은….

61 방앗간 집 셋째딸

꾸밈도 치장한 곳 없어도 보면 볼수록 영문 모를 반가움으로만 다가오는, 가도 가도, 봐도 봐도 물리지 않는, 늘 안부가 궁금한... 아랫마을, 윗마을, 건넛마을 합치면 100호에서 200호가 넘어, 우연치 않게 연줄 연줄 붙은 고향 마을.

초가집 두어 칸 수수깡 울타리에 싸리문이 있었고 큰 대문집도 있었지만, 도둑이 없으니 대문 없는 집도 많았고, 외딴 깡촌 촌구석도 아닌, 그래도 천지간이 툭 트인 탐낼 만한 평지에 있다 보니 장맛비도, 진눈깨비도 뚝딱 사라졌지. 면밀하고 세밀하게 요리조리 들여다보면, 푸른 기가 돌아 춘심이 천천히 발동하는 잔풀나기 철에는 겉절이로 쓱싹쓱싹 맛깔나게 무쳐 입이 터지게 먹을 수 있는 산뜻한 산나물과, 야들야들한 들나물 모종들로 발 딛는 자리마다 빈틈없이 찰랑이는, 널린 게 요리재료, 식재료 천지니 아낄 필요가 없었다.

수챗구멍에서는 큰 다람쥐가 나타나 물끄러미 바라보다가 다른 통로로 도망가고, 졸졸 개울길 따라 걸어가면 빨갛게 적신 손으로 꼭꼭 숨겨진 산딸기, 오돌개를 따먹었지. 철따라 천양지차 튤립부터 오방색 꽃들까지, 울긋불긋 없는 색 없이 다양하게 피고지어 유연미가 고혹적으로 저며 왔고, 반딧불들이 뭉쳐 밤하늘로 날아다니는 여름에는 서로 일손을 도왔지. 벽을 타고 오른 둥근 박이 열릴 지붕 밑, 뜨락까지 물든 봉숭아, 분꽃에, 새빨간 목백일홍에, 붉은 치마 맨드라미에 파묻혀 살았지.

어디서 오는지도 모르는 백합 같은 수줍은 철부지 첫사랑은 그 누구와 언제쯤 나눌까. 민들레 씨를 날려 보면서 애만 태워. 논밭투성이라 눈 돌리는 밭둑길마다 콩밭가리가, 논둑길엔 벼 낟가리가 옹기종기 서 있었지. 가설극장이라도 들어오는 날이면 달맞이 나온 연인들이 큰 꽃 달리아를 꺾어 속삭이던 밀회처로 밀회를 즐기고, 집 안 창고는 풍작으로 꼭꼭 채워져 시끌벅적 풍년을 만끽했지.

벌거숭이 헐벗은 민둥산이 거의 없이 갖가지 나무들이 나이테가 치밀해, 워낙 밀도 높은 좋은 목재가 많았지. 침엽수와 반투명한 활엽수들의 낙엽 냄새를 맡으며 나무를 긁고, 천천히 말라가는 잡목으로 미리미리 긴 겨울나기 전에는 없어서는 안 될 땔감을 준비하고, 아름드리 밤나무에서는 알밤, 쌍둥이 밤알 네댓 박을 주워 나무 등걸에 걸터앉아 바쁘게 밤을 까먹고 호주머니에도 담아 가져가곤 했지.

쓰임새 많은 참나무고목 역시 살짝 건드리기만 해도 데굴데굴 쏟아질 것만 같은 도토리가 한 톨 한 톨 들어차 있었지. 허옇게 서리가 내려도 재롱을 부리던 새들과 귀를 쫑긋거리며 먹이가 필요한 날짐승, 길짐승이 여기저기서 튀어나와도, 갈고리가 필요 없고 먹고살 걱정이 전혀 없는 지상궁전이었다.

금방 어두워진 겨울 저녁, 흘흘 날리는 눈 오는 소리가 유쾌한 크리스마스 생솔가지를 꺾어 트리를 만드는 이브. 이브날 컹컹 개 짖는 소리에 하늘 문이 열려 산타할아버지가 루돌프를 타고 어떤 선물 보따리를 던져 주고 갈까. 머리맡에 슬며시 놓은 양말에는 어떤 선물을 넣어 줄까. 눈을 비비며 잠 안 자고 기다렸지. 날이 새고 소가 들어앉은 외양간 횃대에서 닭이 울고, 모이를 주려 구구구 하면 영리한 이것들이 신기하게 다 알아듣고 마당으로 나왔지.

고드름이 판을 치면, 더 큰 추위가 오기 전에 후딱 장을 봐 두기도 했지. 몇몇 장정들은 방죽 개울에 약속이나 한 듯, 피난처인 월동장에 동면하러 들어간 녀석들을 염치 불구하고 보약삼아 과서 먹고, 파, 양파, 건고추를 넣어 맵게 조려 발발거리며 돌아다니는 강아지들까지 와자지껄 잔치를 벌이고…

쌩쌩 얼어붙은 얼음판에서는 깎아 만든 팽이를 돌리다, 칼날 꽂은 썰매를 타다, 감기가 들어 훌쩍거리며 에워싼 질화로 불에 시린 발 녹이며 양말 귀마개와 벙어리장갑을 연방 눌리기도 했지. 겨울비라도 몹시 내리는 날이면 담벼락 따라 쌓여 있는 잘 마른 장작으로 매운 눈 비비며 아궁이 앞에 쪼그리고 앉아 불을 지피고, 타닥타닥 불을 때서 고구마, 계란, 밤을 구워 먹었지. 또 잔불에다 계란찜을 한 두가리 쪄서 먹곤 하던 날들.

군불을 두서너 번 넣어 방이 절절 끓는 온돌방에서 이불 속에 발을 묻고 등판을 붙이고, 몽글몽글 지졌지. 정월 대보름날이면 들로 쏘다니며 치밀하게 준비한 깡통을 흔들어 논두렁 밭두렁에 불을 놓아 태우는 쥐불놀이. 횃불을 들고 주위를 밝히며 다리밟기, 지신밟기, 달집을 만들어 달이 뜨는 시간에 태우는 어른들의 달불이 점도 구경하고, 불똥이 떨어지는 검은 심지를 돋워도 침침한 등잔불, 호롱불 밑에서는 밤새 담근 떡쌀로 옴팡한 시루에 밀가루로 번을 부쳐. 밤이 쏙쏙 누워 박힌 켜켜이 쌓은 시루떡과 단물이 줄줄 단술을 돌리고, 떡으로 답례도 했지. 떡 한 볼테기에 부스럼 나지 말라고 단단한 견과 부럼도 깨물어 먹으며, 말린 나물, 고구마줄기, 토란대, 아주까리, 명이나물, 취나물로 한 상 차렸던 것이 얼핏얼핏 떠올라, 아쉬움은 좀처럼 잊혀지지 안을 것 같아.

62 청보리 싹

뭉툭뭉툭 저절로 떨어지는 눈이 둥그런 봉우리를 쌓아 가고

종종 터져 나오는 동장군 심술이 한꺼번에 꽁꽁 신음으로 차올라도

반 뼘 남짓 뾰족뾰족 눈 이불 덮은 청보리 싹은 가쁜 숨을 몰아 숨을 돌려 가다듬고

가차 없이 방어막으로 덮을 놓고 뿌리가 뻗어

흰 눈밭에 푹 쟁여 숨 막힐 듯 꽂혀 있지만,

시험하는 추위를 거뜬히 물리쳐

보리알이 여무는 보릿대 가닥 가닥으로부터 달짝지근한

풍취가 우르르 실려 오곤 할 때면

널린 태반에 노란 빛이 나.

 허수아비와 참새

우두둑 떨어지던 굵은 장대비가 먹구름을 얼추 걷어 내 반짝 개이고 나니, 잠복 중이던 쨍쨍한 빗살이 빼꼼 제일 먼저 마중 나와 깡총깡총 달리는 들녘과 만날 준비를 한다.

농부님들은 봄이 오면 한겨울을 넘기고 단련된 논을 먹성이 최고인 짐발이 일소가 끄는 쟁기로 갈아엎는다. 삽질과 쇠스랑, 괭이질로 덩어리는 평평하게 고르고, 물을 대고 가둬 가을걷이 후 터럭 하나 다칠세라 시렁에, 다락방에, 관리해 모셔 두었던 종자용 씨앗 볍씨를 뿌린다. 못자리를 놓아 판판한 모판에서 크던 어린모를 논배미마다 가래질을 한 다음, 힘을 북독아 주는 신나는 구전민요, 농요를 부르며 논으로 옮겨 모내기철을 지낸다. 모낸 벼 포기가 쭉쭉 무탈하게 잘 자라 주면, 잡초를 뽑기 위해 몇 차례 김을 매고 피를 뽑고 비료도 깔아 준다.

긴 장마와 큰 태풍도 지나가고 벼꽃이 하나 둘 피어 여름을 배불리 먹은 나락이 누렇게 패면, 논둑에 베어 눕힌 볏단을 노적가리로 쌓을 때까지 노심초사 신경을 곤두세우며 많은 홍역을 치러 낸다. 한 모작 끝난 벼 한 톨 한 톨을 방아를 찧어 곳간에 그득할 생각으로 덩실덩실 농악소리에 술잔치로 춤이 나온다.

하지만 빠삭한 꼼수와 배포와 지략이 뛰어난, 의뭉스럽고 교활하고 간교한 제갈량 선동꾼 두목이 시침 뚝 떼고 위장 연막전술로 잣향이 흘러나오는 울창한 잣나무 숲에 매복병도 세워 놓고, 일개 대대로 보이는 꼬붕들과 납작 엎드려 야금야금 열매를 숨기며 가증스런 가면극으로 타이밍의 간계를 기다린다. 그러다가 온 논이 춤을 추며 송송이 벌어진 냄새가 쉼 없이 이어지면, 공들여 키워 낸 노다지에 점령군 집단이 쌩쌩 벌떼처럼 달려든다. 땡잡은 횡재에 사냥의 명수답게 보는 족족 조준선을 잘 맞춰, 냉큼냉큼 살집이 좋은 것들만 집중 포화로 명중 정밀 타격해, 격진이 지나간 듯 염장을 질러 놓고 깡그리 깽판을 쳐 까불까불 날아가니….

입을 꾹 다문 채 언감생심 따끈한 이밥만 퍼먹는 단잠에 꾸벅꾸벅, 빼빼한 몸에 낌새를 채고 걱정이 한 포대인 독불장군, 도통 맥을 못 추며 가슴이 벌렁벌렁한다. 덜렁덜렁 급한 성질에 얼굴은 우거지상으로 붉으락푸르락, 독기를 품고 불끈해서 어떻게 혼내야 할까, 신경질만 버럭버럭. 무슨 꿍꿍이셈을 찾고 있더니, 워낙 허우대가 흥한 외모인 데다 확 돌아가는 눈알로 "이 못된 것들 네 죄목을 줄줄이 꿰차고 있으렸다. 얼마나 목이 달아나야 이것들이…" 하고 궁색한 으름장을 놓는다.

빌어먹을 제기랄, 고삐 풀린 망아지 같은 불구대천의 철천지원수들, 똥줄이 타도록 죽을 똥을 싸며 새빠지게 죽살이를 해 골병이 들었는데, 거덜 낸 앙숙들 때문에 한 해 농사를 망치고, 머슴은 장단지가 성할 날 없이 거머리에 부대끼며, 모내기 끝난 오월에도, 백중 때도, 추수 마친 시월에도 연통을 받고도 부득불 세상구경을 못 했는데, 어럽쇼, 꼴같잖은 햇병아리들 때문에 까딱하면 머슴과 내가 일 년 내내 애쓰고도 가을 새경 받기는 영, 글러 버린 것 같네. 뭔가 찜찜한 듯 째진 눈을 번뜩이며 복수심에 부들부들, 질펀한 욕으로 희번덕거리더니, 하기야 눈엣가시인 것들이 생판 농사꾼이 되어 등골이 휘어져 굽은 허리에 어깻죽지가 뻐근하도록 논마지기를 붙여 봤나, 삭신이 호되게 쑤시도록 품꾼이 되어 이 집 저 집 농사 품(품앗이)을 팔아 봤나.

저 깔린 새똥에 괘씸죄에 꼬락서니들하고는, 에라, 망나니 같은 놈들. 조석으로 착실히 조공을 바쳐도 시원치 않을 판에, 배은망덕한 허튼 수작으로 깡다구로 뒹굴며 굴러온 명사수 저격수를 감히 넘봐?

소갈딱지 없는 공밥만 처먹으려고 안달이 난 상팔자 애송이놈들.

정면대결로 한판 붙어보자는 거지?

　두루뭉술 넘길 것 같지 않은 복수에 칼을 간, 판세를 뒤집어 볼 삐쩍 마른 허수아비. 애먼 한두 개비 줄담배를 표독스럽게 빨고도 약만 살살 올려, 격분한 성질머리에 주체를 못 하는 듯 마치 성난 천둥소리처럼 볼륨을 잔뜩 높여 뒤를 바짝 쫓더니, 콩 포기로 수십 방을 곤죽이 되도록 재탕 삼탕으로 맞아야 코딱지만 한 것들이 정신을 차리겠니? 이 음험하고 간 큰 것들아!

　부지깽이로 푹 눌러쓴 꾀죄죄한 밀짚모자, 매꼬자를 패대기치며 윗저고리도 훌렁, 들밥도 훌렁, 따귀를 갈길 양 째려보며 닦아 세워 닦달하더니, 급기야 참았던 목청을 돋우며 숨통을 조여 오는 악다구니로 가라사대,

　"바락바락 쇠 심지 같은 발칙한 놈들, 일은 안 하고, 곧 호미질 할 고구마, 감자, 무 등 고맙게 잘 자라 준 작물, 아침, 점심, 저녁을 서리로 해결하며 굴러먹은 놈들과 똑같은 깍쟁이 놈들! 당장 군말 없이 몽땅 철수하지 않으면, 다시 말해서 물색없이 어정대다간, 전깃줄에 걸려있는 장총으로 대갈박에 방아쇠를 타당탕. 빗발치는 총탄으로 한 번 뒈지게 당해 볼래? 또 골탕 먹이는 방법이 있다고 머슴이 귀띔해 주던데. 비 오듯 쏟아지는 게 뭐라카더라? 적을 유인해 첨단 제품인 융단 폭격으로 어떻게 하라던데 머슴한테 들은 소리라, 당

췌 뭐시껭인지, 헛바닥이 꼬이네. 주인님도 쫀득쫀득 우리 쌀은 아끼고, 잘 풀어지는 길쭉길쭉 안남미 베트남 쌀로 몇 개월 식사를 때우신다고 하던데. 야, 이놈들, 명줄이 풍전등화 같은 새대가리들아!"

고래고래 분통을 터트리며 부득이 선전포고를 하고도 약이 오른 꺽다리. 컬컬 넘치도록 빡빡한 농주인 탁배기 한 사발을 들이키더니, 뒤집어 놓은 심사로 진이 다 빠졌는지 기어 들어가는 코맹맹이 소리로 왈,

"기왕지사 새뱅이를 한 마리라도 더 잡아먹어 통통한 알밴 조기만은 못하지만, 이따 새참 거리로 장작불에 구워 이런 저런 핑계로 못 만난 주군과 진탕 거나하게 기울여야지."

하며 허허허허 게걸스럽게 웃어젖힌다.

64 바닷가

한류 난류가 교차해 소금기 생물이 많이 번식하는

또한 미지의 지하 해저광물 수산자원의 보고인 살진 바다에는

어망만 털면 고급 어종, 수많은 갯것 생명들이 풍부하고

뜯어먹을 수 있는 해초도 솟고

뱃전에서는 닻을 내리고 만선을 꿈꾸며

뱃머리를 돌리는 힘찬 뱃고동 소리에

갈매기들이 파드득 파드득 채근하며

한바탕 야단법석을 떨고 나면,

선창가 선착장의 포구는 정박할 고깃배를 기다리며

한가로이 바다를 지키고 있어

갈매기 무리 신호에 하나 둘 새벽부터 나갔던 고깃배들이 기분 좋

게 제 자리 항구로 들어오고 나면,

툭하면 깊고 어두운 해저에서부터 철썩철썩 좌우를 흔들며

맹렬한 광풍을 타고 빨아 당기는 것처럼,

속의 것을 게워 내 한 치 앞을 알 수 없는 검푸른 집채만 한 파고

가 날렵하게 솟구쳤다가

지구를 통째로 덮쳐 집어삼킬 듯

광란의 굉음을 내며 무시무시하게 달려들어 내리칠 때는 광기 어

린 악마같이

소름 끼치는 두려움이 밀려가고 밀려오고.

05 부모님 품

감질나게 빛이 들까 하더니, 농사 밑천인 풍요를 보장하는 봄비가 때맞추어 내려 가뭄기갈이 한 풀 꺾인다. 그러면 한 해 농사시기를 짐작하고 해갈해 줄 단비가 내린다고 한시름 놓고 조반을 물리고는, 곧장 쇠죽과 여물과 건초더미를 부지런히 낫 갈아 베어 꼴을 번갈아 먹인 황소를 몰고 나와 하늘과 땅에 소박한 인사 액 마개를 필두로 선다.

축 젖은 흙길로 소몰이를 앞세워, 코를 찌르는 악취, 고약한 두엄 냄새 맡으며 똥(똥을 누면 호박잎이나 볏짚, 신문지를 잘라 뒷마무리를 했지)을 잿간의 재와 버무려 똥거름을 내고, 똥파리와 징그러운 구더기가 바글바글 득실거리는 구린내 나는 뒷간에서 똥 덩어리를 푸다가 머리에 튀기고, 똥 장군을 지다가 똥 벼락을 맞아도, 아무시렁 않다는 듯 밀린 봄 농사(담배 모, 가지 모, 씨앗이 아닌 줄기로 번식하는 딸기 농사) 경작할 준비로 부산할 것이다.

고대광실 고관대작 집 못지않은 바닥 다지기. 주춧돌 위에 자갈을 퍼다 시멘트와 반죽해 골조를 세우고, 벽과 기둥으로 지붕의 하중을 떠받치는 서까래 올린 대들보를 세워 상량식까지. 목화를 재배해 물레를 돌리며 실을 뽑고, 자아 베틀에 무명을 짜던 한 칸 한 칸 머리문간방, 윗방, 가운데 방. 벌러덩 드러누워 함께 뒹굴며 학교 앞 빵집도 자주 들르며 깊은 우정을 지키자고 징표도 나누어 갖고, 서로 의지하던 책을 파고들다 메모지에 끼적끼적, 지우개로 박박 지우고 벼락공부를 하며 꿈을 키워 준 골방, 건넌방.

발 시린 냉골이 아닌, 홑청 달은 무명 솜이불이 따뜻했던 안방. 부모님과 나, 상에 올린 세뚜리 머리에는 대충이 아닌, 지글지글 지져 낸 생선토막과 쫄깃쫄깃 고깃국, 방자유기로 왕후장상 부럽지 않던 밥상. 초가집도, 양철을 두드려 만든 함석집도 아니고 고가도 아닌 사랑채를 따로 갖춘 새 집, 고래 등 같은 기왓장을 얹은 현대판 아방궁에서 응석받이로 총애를 담뿍 받으며 모자람 없이 다복했던 사면의 요새. 요람에는 집안의 조타수 실권자인 아버님, 좌장인 어머님, 온 식구들. 군식구라야 부리는 일꾼들이 비가와도 눈이 와도 철옹성을 쌓은 철벽 수문장으로 언제나 한결같이 지키고 있었지.

가족외의 변화에는 어두웠던 한낱 볼품없는 필부였지만, 자식들의 입신양명을 위해 대처로 유학을 보내 훌륭하고 반듯하게 키울

일념으로, 먼동이 트기 전부터 긴 해를 믿고 땀 한 방울까지도 짜내신 부모님. 옷에 늘 땀이 차 후줄근해도 피곤한 기색 없이 곡식을 심고 돌보며, 방앗간을 발판으로 너른 두락 전답을 사고, 가세가(땅문서) 한 꼭지 한 꼭지 쌓아올려지는 것을 큰 축복으로 알고 한 세상 사신 부모님.

몇 년 터울로 느지막이 얻은 막내. 샘이 많아 사랑을 독점하고, 황소고집에 별쭝나고 까탈스런 성격으로 무던히도 속을 썩였지. 몽짜인 말썽꾼인데도 지청구 한 번, 타박 한 번 없이, 용처가 불분명한 용돈, 가욋돈도 떼를 쓰거나 보채면 주머니에서 지폐를 꺼내 분에 넘치게 주시던 부모님. 오라버니들보다 내리사랑이라고 세력을 업은 내 편을 먼저 들었지. 가부장제인데도 언제나 나의 우군이었던 부모님.

친가 외가 대소사 때면 쌀을 물들여 빻은 절편, 무지개떡, 구름떡, 증편, 약식, 돌절구에 찧어 다채로운 떡고물을 입힌 인절미, 푹 고아 만든 쌀엿, 갱엿, 입에 착 달라붙는 묽게 곤 수수 엿강정, 내가 젤로 좋아하던 송화다식, 높은 당도의 곶감, 갖가지 지짐이, 누런 갱지에 둘둘 말아 노끈으로 동여맨 봉송을 싸들고 오시던 부모님.

놋그릇, 놋숟가락을 재와 행주로 깨끗이 닦는 추석, 설, 코앞 대목 장 때는, 장에 곡식을 내다판 돈으로 생필품과 특별 군것질거리, 색

동정고리, 다홍치마, 앞 터진 풀색 스웨터, 꼬까신발, 고무강아지, 새 옷으로 사준 추석빔, 설빔, 선물 보따리를 내놓곤 해 잠을 설치게도 한 부모님.

농번기에는 헛간채 외양간에서 소가 힘든 몸으로 콧김을 내뿜으며 흔들던 워낭소리로 자는 둥 마는 둥하다가, 선잠이나 쪽잠을 자고, 단잠도 잠시 묵묵히 두세 사람 몫을 다해 내고, 일에 치여 거북 등처럼 쩍쩍 피가 나 버거워도 정직함으로 이겨 내신 억척 부모님. 날이 꾸물거려 장마가 들이닥칠 때면 밤낮 가리지 않고 삽을 어깨에 얹고 논으로 달려가, 물꼬가 잘 트일 때까지 땅 밑을 파며 도량을 내기에 바빴던 부모님.

하늘만 쳐다보는 천수답이 아닌데도 가뭄 때면 물을 서로 먼저 대려고 언성을 높이며, 물이 새어나갈까 봐 논 이웃들과 삽질에 목을 매던 부모님. 질컥질컥 질퍽거리는 진흙탕에서 잠방이에 코 터진 고무신을 신거나 철벅거리는 논에서 뒤축 닳은 장화만 갈아 신던, 질경이풀같이 강인하게 살고 가신 부창부수인 부모님. 입성이 누르죽죽하고 해진 누더기, 거적때기 차림에 일정한 거처도 연고도 없이 동냥 문전걸식을 전문으로 하는 걸인을 적선으로 거둬 먹이고 융숭히 대접하며 잠을 재워 주시던 부모님.

장롱 궤짝 속의 비밀 공간에 보관해 놓은 금비녀, 금가락지 끼고,

인두질 손 다림질 한 차곡차곡 개켜 놓은 곱게 나부끼는 모시옷에 맵시 나는 버선. 아버지는 명주 바지저고리, 핫바지, 솜바지에다 모본단 공단 조끼를 덧입고 고름을 매고, 대님을 쳐서 두루마기까지 받쳐 한껏 한복으로 차려 입으시면, 노년의 개성 있는 풍모와 옷태가 단아해 보였던 부모님. 엄숙한 예의를 어길 때는 호된 질책으로 벼락같은 호통을 치고, 심히 노하여 엄명을 내리시고.

뚱딴지같이 헤묽어 남의 험담만 하는 데면데면한 덕금어미 같은 사람에게는, 검소하지 않고 세월을 낚으며 대책 없는 한량 같은 사람에게는, 이도저도 미적지근하며 처자식과 농사를 내팽개치고 싸다니며 볏술만 마시는 사람에게는, "그러니까 쪽박을 차기 십상인 가난뱅이지."라고 지당하신 말씀을 하곤 하셨다. 부락, 향리에서도 평판이 좋아 함자를 대면 가문 문중 종친까지 존경 받던 부모님.

엄밀히 말하면 터전을 한 번도 떠나 본 적 없이 비옥한 문전옥답과 정미소를 아우르며, 출중한 학식으로 엄히 여럿 길러 낸 자식들, 공무원 생활 끝으로 밥숟갈 놓을까 봐 무릎 관절이 녹아내리고 지문이 닳도록 대인다운 풍모. 첫 손 꼽히는 '부'라는 방공호를 한 몫씩 떼주신 부모님. 언제나 묵묵히 자식들을 뒷바라지하고 각별하게 귀여워해 주시던 두 분. 감히 어느 토씨 하나, 단어 하나 빼지 못할, 남기고 간 곧고 고결한 인품을 여태까지 헤아릴 수 없으니 어찌할꼬.

66 부시련

나만큼 고열로 힘들고 있을까.

나만큼 고뇌의 시간을 인내하고 있을까,

한 번도 가지 않았던 그 먼 길을 홀로 떠났으니.

이제는 속절없는 욕심은 버릴 줄도 알아야 하는데

흐른다는 진리도 익숙할 줄 알아야 하는데,

늦볕 산길, 들길, 숲길 휩쓸며 등 뒤로 풀냄새 불어오는 이맘때면

해질녘 뜰 앞 울타리로 올린 박꽃이 막 피기 시작하는 이맘때면

갓 배열된 연둣빛 모가 사뿐사뿐 곧게 뻗어 올라오는 이맘때면

가슴 한 쪽이 아려 오는 것을.

맺음말

전혀 운명을 예감치 못하며, 일생 동안 순탄하기만 할 것 같은 제 인생이었습니다. 그러나 기복과 풍파가 벗인 듯 이 고비 저 고비, 여러 고비를 지나왔습니다. 아찔한 질주 마친 지금도 삶에 달관한 자는 아니지만, 널찍하게 차지했던 격렬한 기억도 서서히 지우며 잠재우고, 듬직하고 속 깊은 장성한 아이들, 그리고 언젠가는 다시 만날 수 있는 평생의 반려인, 지금도 무의식 속 어딘가에 자리 잡고 있는 인자했던 남편이 있기에 아픈 상처도 아물어 가고 있습니다. 분노에 차서 참 운도 없는, 풀리지 않는 삶에 신을 향해 "신이시여, 신이시여!" 하고 원망하며 항의도 하던 때가 엊그제 같은데 말입니다.

행복과 좌절, 사랑과 이별, 울고 웃던 바쁜 중년 시절이 있었기에, 몇 년 후에는 분명 더 쭉쭉, 성큼성큼 성장해 있을 것입니다.

50대를 거쳐 황혼이 내린 60 고개 환갑을 넘어, 지난 어느 한때는 비련의 히로인이었던 내가 어렵사리 인생 제 2막의 산고 끝에 천군만마인 두 아이들과 함께 구축한 행복을 얻었습니다. 그것을 하늘의 뜻으로 여기고, 신은 내 편이었음에 감사하며, 감사를 절대로 깨뜨리지도 않을 것도 약속드립니다.

공들여 썼지만 아직도 담아 내지 못한 아쉬움을 다음 작품을 위해 남겨놓습니다. 그리고 곧 책상 앞으로 다시 돌아오겠습니다. 책머리, 첫 페이지부터 한 자 한 자, 한 장 한 장, 편수가 모여 이 책이 되었습니다. 처음부터 끄트머리까지 갖추지 못한 문장력으로 쓴 책, 이제 마지막 장 펜을 놓을까 합니다.

의욕만 앞섰지 뛰어난 필력도 없고, 세련된 유머도 없는, 두서없이 채워 나간 글들. 아직 글쟁이 축에도 못 낀 이것도 글이라고 한 올 한 올 또박또박 읽어 주신 모든 분들께 진심으로 고개 숙여 감사드리며, 마침표로 책장을 덮겠습니다. 책을 덮고 한참 부족했던 점들을 자문자답하겠습니다. Good bye!

감사합니다.